— J'ai attendu neuf ans pour pouvoir refaire ça. J'ai fait trop de choses que je regrette te concernant, et je ne vais certainement pas continuer à regretter les choses plus longtemps.

Edge regardait Pat droit dans les yeux, envoyant des vagues de chaleur dans tout son corps comme une véritable fournaise, une fournaise que Pat savait devoir réprimer coûte que coûte, mais au lieu de ça, il la laissa grandir.

— Ce n'est pas une bonne idée, déclara Pat, sa tête cognant légèrement contre la porte.

Mais, il ne pouvait plus reculer et Edge continuait de se rapprocher, réduisant la distance qui les séparait. Est-ce qu'il voulait être embrassé ? Oui, absolument ! Mais, par l'homme qui l'avait laissé tomber ? Avant que Pat puisse répondre à ses propres pensées, les lèvres d'Edge étaient sur les siennes, brûlantes, prenant ce qu'il désirait. La force et le désir pur derrière le baiser étaient assez pour faire oublier à Pat tout ce qu'il s'était passé entre eux. Il enroula ses bras autour du cou d'Edge, répondant au baiser comme un homme affamé qui n'avait pas mangé depuis… eh bien, des années. Cela faisait des années qu'il n'avait pas été embrassé avec passion, des années que le baiser de quelqu'un ne l'avait pas rendu complètement fou et n'avait pas changé ses jambes en coton prêt à le lâcher à tout instant.

LE SECRET DE POPPY

Andrew Grey

REAMSPINNER
PRESS

LE SECRET DE POPPY

Andrew Grey

Publié par
DREAMSPINNER PRESS

5032 Capital Circle SW, Suite 2, PMB# 279, Tallahassee, FL 32305-7886 USA
www.dreamspinnerpress.com

Le secret de Poppy
Copyright de l'édition française © 2019 Dreamspinner Press.
Titre original : Poppy's Secret
© 2017 Andrew Grey.
Première édition : février 2017
Traduit de l'anglais par Zophia M. Evans

Illustration de la couverture :
© 2017 Bree Archer.
http://www.breearcher.com
Les éléments de la couverture ne sont utilisés qu'à des fins d'illustration et toute personne qui y est représentée est un modèle

Édition e-book en français : 978-1-64405-286-0
Édition imprimée en français : 978-1-64405-287-7
Première édition française : avril 2019
v 1.0

Édité aux États-Unis d'Amérique.

ANDREW GREY a grandi dans l'ouest du Michigan, avec un père qui aimait raconter des histoires et une mère qui adorait les lire. Depuis, il a vécu partout dans le pays et a voyagé dans le monde entier. Il est titulaire d'un master de l'Université du Wisconsin-Milwaukee et travaille à présent à temps plein sur ses écrits. Les loisirs d'Andrew incluent chiner des antiquités, le jardinage et laisser sa vaisselle sale partout sauf dans l'évier (surtout quand il écrit). Il affirme avoir la chance d'être entouré d'une famille ouverte, de fantastiques amis et du mari le plus aimant et encourageant du monde. Andrew vit actuellement dans la magnifique ville historique de Carlisle, en Pennsylvanie.

E-mail : andrewgrey@comcast.net

Site Web : http://andrewgreybooks.com/

Par Andrew Grey

DREAMSPUN DESIRES
#4 – Le rancher solitaire
#28 – Le secret de Poppy

Publié par **DREAMSPINNER PRESS**
www.dreamspinner-fr.com

Pour Poppy Dennison. Souviens-toi que tu l'as demandé.

Chapitre Un

— **POPPY !**

La porte d'entrée était à peine refermée qu'Emma, couettes au vent, traversait déjà leur petite maison en courant pour rejoindre Pat là où il l'attendait.

— J'ai gagné un concours de dessin à l'école. M. Walther a dit que le mien était le plus mieux.

— Le meilleur, corrigea doucement Pat Corrigan en prenant le dessin que sa fille de huit ans aux cheveux blonds pressait contre ses mains. C'est vraiment merveilleux ma puce.

Il contourna son bureau et étreignit sa fille avant de lui prendre la main et de la conduire vers le tableau d'honneur. Le mur latéral de son bureau était un tableau en liège géant. Quand il avait acheté la maison, il l'avait fait faire sur mesure.

— Où est-ce que tu veux l'accrocher ?

Pat laissa Emma choisir la punaise dans la boîte sur la table disposée en dessous, puis elle choisit l'endroit sur le tableau où il pouvait l'accrocher. À certains endroits, il y avait déjà plusieurs couches de dessins, cartes, cœurs et autres projets avaient deux ou trois épaisseurs ; une fois que c'était sur le tableau, il ne l'enlevait jamais. Parfois, les choses pouvaient être déplacées ou même recouvertes, mais c'était son mur d'amour et, avec chaque nouvel ajout, il grandissait.

— Juste là, dit-elle en montrant du doigt l'emplacement.

Pat plaça alors le dessin dans le coin supérieur et l'épingla.

— C'est parfait.

Pat recula. Quand il avait installé le tableau, il le voyait comme un moyen de garder les différents projets d'Emma affichés, mais il réalisait maintenant que c'était une exposition d'art toujours changeante de sa vie, une qu'il pouvait regarder tous les jours. Il souleva Emma dans ses bras et l'étreignit.

— Poppy, dit-elle, d'un gloussement qui devint sérieux quand il la reposa par terre. Je suis censée aller chez Nicole après l'école, tu te souviens ? On va être en retard. Regarde.

Elle pointa l'horloge du doigt. Dire l'heure était son truc du moment, et Pat espérait qu'elle cesserait de s'inquiéter de chaque petite minute assez rapidement.

— OK. Monte enfiler des vêtements plus confortables pour jouer et je t'y amènerai.

— C'est une soirée pyjama pour son anniversaire, déclara Emma. Tu étais censé lui acheter un cadeau.

— Je l'ai fait, et il est emballé. Allons préparer ton sac pour la nuit et nous pourrons y aller.

Elle lui prit la main et le traîna pratiquement tout le chemin jusqu'à sa chambre.

— Va chercher ta valise.

Cela devait être Elsa, bien sûr. Pat l'aida à faire sa valise, puis il prit son sac de couchage et un oreiller. Après s'être assuré qu'elle avait une chemise de nuit, des vêtements pour le lendemain et un change juste au cas où, il ferma la valise. Il la descendit tandis qu'elle étreignait son sac de couchage. Pat le lui avait acheté spécialement pour l'occasion.

Il chargea le tout dans la voiture, puis la conduisit à quelques rues de là, jusqu'à la maison de son amie Nicole. Apparemment, ils n'étaient pas les premiers arrivés, ni les derniers. Pat l'accompagna jusqu'à la porte, d'où il pouvait entendre assez de cris pour grincer des dents.

— Joanne, es-tu certaine que tu vas pouvoir les gérer ? demanda-t-il en recevant une étreinte de la mère de Nicole.

Ils étaient devenus aussi proches que leurs filles l'étaient.

— Oui. Je sais que tu as proposé d'aider, mais la mère d'Annabeth va prendre la chambre d'ami. Donc, file et profite d'une soirée en ville, lui lança-t-elle en se rapprochant. Va remuer ce beau petit cul en boîte de nuit et vois si tu ne peux pas avoir un petit coup de chance.

— Joanne, la taquina-t-il d'un air faussement outré qui ne la dupa pas une seconde.

— Ne fais pas cette tête. Tout ira bien pour Emma et tu as besoin d'un peu de temps pour toi. Soit tu travailles, soit tu t'occupes d'Emma. C'était quand la dernière fois que tu as pris un jour pour toi ?

Pat essaya de s'en souvenir et ne répondit pas assez vite.

— Tu vois ? Vas-y et amuse-toi. Je prendrais bien soin d'elle ; vois si tu peux mettre fin à cette vie de moine que tu mènes.

Elle l'étreignit une nouvelle fois et un chœur de « oh » et de « ah » se fit entendre depuis l'intérieur de la maison.

— Est-ce que tu vas l'embrasser ? demanda une des filles, accompagnée par une ribambelle de gloussements.

— Oh, enfin…

C'était la voix d'Emma s'élevant au-dessus des autres.

— Poppy est gay. Il embrasse des garçons, pas des filles. Vous n'y connaissez vraiment rien.

Il ne pouvait pas la voir, mais Pat pouvait facilement l'imaginer avec les mains sur les hanches, défiant quiconque de la contredire.

— Sois sage, Emma, dit Pat en dissimulant un sourire, alors que Joanne n'y arrivait pas aussi bien que lui.

— On dirait que tu es partie pour une sacrée nuit, lui dit-il.

— Tu pourrais, toi aussi, si tu te bougeais un peu.

Elle n'allait pas laisser passer ça, et Pat devait admettre que cela semblait être une bonne idée. Il n'était pas sorti seul pour danser depuis très longtemps… Neuf ans, ce serait une bonne estimation. Presque une décennie de couches, de biberons, de bains, d'histoires, de jeux, ce que vous voulez… mais Pat n'aurait pas changé une seule minute même s'il l'avait pu. Bon, d'accord, cela aurait été sympa d'avoir un peu d'aide, mais les choses ne s'étaient pas déroulées comme prévu et une fois Emma arrivée, elle lui avait demandé toute son énergie. Elle était ce qui comptait le plus dans sa vie ; dès la première seconde où il avait tenu cet adorable petit bout de chou rose et joufflu dans ses bras, Pat avait su qu'il ferait absolument tout pour s'assurer qu'elle ait une meilleure enfance que celle qu'il avait connue.

— D'accord. Je sais reconnaître quand j'ai perdu. Tu as mon numéro si tu as besoin de quoi que ce soit, dit Pat avant de se tourner vers les cris provenant de la maison. On dirait que tes alliés numéro un ce soir vont être des bouchons d'oreille.

— Elles vont vite se calmer.

Pat en doutait, surtout en voyant d'autres filles arriver. Il supposait qu'il ferait mieux de partir maintenant, pendant qu'il en avait l'occasion, avant que Joanne change d'avis et décide qu'elle avait finalement besoin de plus d'aide. Pat monta dans sa voiture et se dépêcha de partir. Il rentra directement à la maison, mais continua de réfléchir à l'idée d'avoir une nuit entière à lui, et la suggestion de Joanne lui jouait la sérénade dans la tête comme le chant d'une sirène.

— JE te croyais mort, dit Dustin cinq minutes après que Pat avait fait son entrée dans l'un de ses anciens lieux de prédilection.

Le Pink Stallion n'avait pas changé d'un iota. Bon, les garçons paraissaient tous plus jeunes, mais c'était tout. La boule disco était toujours suspendue au plafond et les lumières dansaient dans la pièce.

La musique qui passait était différente, mais toujours aussi lancinante et elle donnait autant envie de danser que d'habitude. Bon Dieu, il avait terriblement envie de danser, et puis, peut-être… Doux Jésus, il avait un enfant à la maison et il était en train de penser à trouver un coin sombre pour baiser un gars consentant jusqu'à l'oubli. Le besoin d'évacuer le surplus d'énergie réprimé par les neuf ans de célibat faisait vibrer son corps entier.

— Non… juste ma vie sexuelle, soupira Pat.

— T'as pas un gosse ou un truc du genre ?

Dustin scannait la boîte exactement comme il le faisait avant. Il était plus vieux et avait quelques rides autour des yeux, mais il était toujours aussi beau et tombeur.

— J'ai une fille, Emma. Elle me demande beaucoup de temps. Elle est à une soirée pyjama, ce soir.

Dustin pencha soudainement la tête en arrière sous le coup de son rire profond et tonitruant.

— Et tu es ici pour trouver quelqu'un et avoir ta propre soirée pyjama avec lui. C'est génial. Vas-y, va sur la piste. Je peux presque te garantir que tu ne danseras pas longtemps tout seul. Tu as déjà quelques admirateurs.

Pat, confiant dans son jean noir et sa chemise bleu marine qui faisait ressortir ses cheveux noirs, regarda l'endroit que Dustin lui indiquait, où un groupe de mecs plus jeunes regardait dans sa direction. Il se demanda tout d'abord s'ils étaient intéressés par Dustin, puis l'un d'entre eux sourit et, merde alors, ils s'avancèrent comme une sorte de meute.

— Tu danses ? lui demanda la beauté aux cheveux noirs au milieu du groupe.

Quand Pat acquiesça, tous les quatre se déplacèrent sur la piste de danse.

— Amuse-toi bien, dit Dustin.

Pat leva un doigt pour les faire attendre une seconde et retourna rapidement vers Dustin.

— C'est quoi le plan, au juste ?

— Ils aiment choisir un quatrième de temps en temps et lui faire voir les étoiles. Chanceux.

Les yeux de Dustin scintillaient et Pat se demanda dans quoi il s'était embarqué, mais les trois gars sexy le regardaient tous comme s'il était le plat principal d'un buffet.

— Viens, dit le gars sexy du milieu alors qu'il attirait Pat sur la piste de danse.

C'était exactement ce dont Pat avait besoin. Trois gars cognant, frottant et poussant autour de lui pendant que la musique martelait jusque dans les profondeurs de son âme, c'était incroyable.

— Tu danses super bien, dit le gars sexy derrière lui avant de se rapprocher, pressant son entrejambe, avec une remarquable érection, directement contre son cul. Je parie que tu baises comme tu danses, ajouta-t-il dans un souffle contre l'oreille de Pat. Est-ce que tu penses que tu peux t'occuper de nous trois ? Parce que ça nous plairait bien qu'un tombeur plus vieux comme toi s'occupe de nous.

Pat chancela pendant une seconde. Il ne s'était jamais considéré comme vieux, mais il était définitivement plus vieux que ces gars. Ils devaient avoir quoi… vingt-deux ans, peut-être, et il était une décennie plus vieux. Bon sang, s'ils ne s'en souciaient pas, pourquoi devrait-il ? Ce n'était pas comme s'il rôdait à la recherche d'une relation à long terme. Quelques heures d'amusement, puis il retournerait à sa vraie vie et à toutes les responsabilités que cela impliquait.

— Chéri, je peux durer toute la nuit et vous épuiser tous les trois plus d'une fois.

— T'es super chaud, dit celui en face de lui, l'attirant ensuite dans un baiser. Je savais que nous avions choisi le *daddy* le plus sexy du club.

Pat trébucha presque à ce mot, la tête soudain pleine d'images d'Emma : elle jouant avec ses poupées, courant dans la maison en chantant à tue-tête *Libérée, délivrée*. Ces gars cherchaient un *daddy* avec lequel jouer alors que lui était un père, un vrai père.

— Je suis désolé, les gars. Je pense que vous allez devoir trouver quelqu'un d'autre.

Pat quitta la piste de danse d'un bon pas et se dirigea jusqu'au bar. Il avait besoin d'un verre, puis il devrait probablement sortir de là. Cela n'avait pas été une bonne idée, peu importe à quel point il en avait eu envie.

— Une vodka, pure, dit Pat quand il eut l'attention du barman.

Il paya et descendit son verre d'une seule gorgée. Il pensait s'en prendre une autre, mais cela n'allait lui faire aucun bien. Ce n'était plus sa vie, il s'en rendait compte maintenant, et il avait beaucoup d'autres choses à faire.

Pat remercia le barman, lui donna un pourboire et se dirigea vers la porte. La boîte était bondée, donc il dut se frayer un chemin à travers la foule de gens pour atteindre la sortie. Il y était presque arrivé quand il percuta un gars très musclé vêtu d'un tee-shirt serré. Pat leva les yeux et s'excusait déjà quand il plongea son regard dans des yeux bleus familiers.

— Fils de pute, jura Pat, ses lèvres formant une grimace.

Il y avait combien de chances que ça arrive, putain ?

Il contourna le gars et continua vers la porte, s'éloignant de lui aussi vite que possible. Il arriva jusqu'à la porte et marchait déjà en direction de sa voiture quand quelqu'un l'attrapa par le bras.

— Qu'est-ce qui ne va pas chez toi ? demanda Edgerton Winters. Tu n'as pas besoin de te comporter comme un enfoiré.

— Tu as raison, Edge, je n'en ai pas besoin, mais c'est en fait un vrai plaisir, dit Pat avec un sourire hypocrite avant de se défaire hâtivement de l'emprise sur son bras. J'ai des choses à faire.

— Comme avec les trois affamés à l'intérieur ? cracha Edge.

— Non, mais si tu te dépêches, je parie que tu peux les attraper avant qu'ils trouvent quelqu'un d'autre. Ils devraient être ton genre. Du moins, c'était ce que tu voulais il y a neuf ans.

Il lança un regard noir à Edge, puis se détourna une nouvelle fois, s'éloignant un peu plus de l'entrée. Il devait partir d'ici et rentrer chez lui.

— Nous finissons tous par mûrir, dit Edge derrière lui.

— Félicitations, alors, déclara Pat par-dessus son épaule avant d'accélérer le pas.

La dernière chose dont il avait besoin était qu'Edge soit de retour en ville. Avec un peu de chance, il comprendrait qu'il était maintenant *persona non grata* et le laisserait tranquille. Même si cela n'avait jamais été le style d'Edge.

Pat atteignit sa voiture et s'installa derrière le volant, puis il roula jusque chez lui. La seule chose qui pouvait le sauver, c'était qu'il avait acheté la maison après s'être séparé d'Edge, donc peut-être faudrait un peu de temps à ce dernier pour le retrouver. Pat s'engagea dans l'allée, puis se gara alors que son téléphone sonnait. Il vérifia l'écran et répondit à l'appel de sa mère.

— Edgerton est de retour en ville, dit-elle sans préambule. Tu sais que je l'ai toujours apprécié, même s'il a pris peur et tout ça. Donc, je pensais…

— Tu pensais que si tu appelais et trouvais un moyen de me manipuler pour faire de nouveau entrer Edge dans ma vie, tu pourrais avoir le gendre parfait, ce qui est ce que tu as toujours voulu.

Il trouvait complètement dingue que sa mère aime son ex-mari plus qu'elle n'aimait son propre fils, même après neuf ans et le fait qu'il avait largué Pat de cette manière.

— Pas de chance, mère. Je ne laisserai pas ce bâtard revenir dans ma vie, et il ne verra certainement pas Emma.

— Mais, Pat…

— Si tu remets encore le sujet sur la table, tu ne verras plus Emma non plus.

Il n'avait rien contre le fait d'utiliser sa fille pour forcer son insupportable mère à obéir. Elle était une assez bonne grand-mère, ce qui était considérablement mieux que le parent qu'elle avait été pour lui. Evelyn Corrigan était un esprit libre autodéclaré, ce qui signifiait pour elle qu'elle voulait qu'il puisse faire ce qu'il voulait, la plupart du temps. Pour Pat, en grandissant, cela avait voulu dire qu'il pouvait aussi rentrer à la maison pour trouver un frigidaire vide et pas de mère à l'horizon qu'il ne l'était de la trouver en train d'essayer de se débarrasser d'un gigolo par la porte de derrière avant que Pat puisse rencontrer l'ordure en question.

— Hé…

Cela avait au moins retenu son attention.

— Je suppose donc que monsieur Parfait t'a déjà appelée.

— Il est revenu en ville aujourd'hui et m'a appelée pour essayer de savoir comment tu te sentais à son sujet. Il a dit qu'il voulait te revoir et que ses sentiments pour toi n'avaient pas changé. Il a dit qu'à l'époque, il n'était pas prêt à vivre ce que tu voulais vivre.

— Qu'est-ce que tu lui as dit ? demanda Pat.

— Que tu lui arracherais probablement la tête ou les testicules, je ne savais pas quelle partie tu choisirais.

— Eh bien, tu seras contente de savoir que je n'ai choisi aucun des deux. Il est toujours en possession de sa belle gueule et pour ce qui est de sa virilité, je n'ai aucune intention de m'en approcher, en aucune manière. Donc, j'espère que j'ai été bien clair sur tout ce qui concerne Edgerton.

— Très clair, dit-elle platement. Donc, s'il appelle à nouveau, je peux lui dire de rester loin de toi et d'Emma.

Une vague de peur viscérale lui glaça le sang.

— S'il appelle, tu ne lui dis rien à mon sujet. Si tu veux avoir une relation avec Edge, c'est ton problème, mais si parles d'une quelconque façon de ma vie… est-ce que je me fais bien comprendre ? Ma vie est la mienne et en aucun cas la sienne.

Ce sujet l'énervait beaucoup trop. Il devait se calmer.

— Je pense que tu protestes un peu trop, dit sa mère, et Pat retint un grognement.

— Non, mère. Je veux simplement être capable de vivre le reste de ma vie sans l'homme qui m'a brisé le cœur et m'a laissé en plan. Il a dit qu'il resterait avec moi pour toujours, et puis il m'a quitté. Je ne veux plus jamais laisser entrer ce genre de personne dans ma vie. Donc, s'il te plaît, lâche l'affaire. Je sais que tu veux que je trouve quelqu'un et je le ferai. Par moi-même.

— S'il te plaît. Ça fait huit ans et tu n'as vu qu'un seul homme. Et encore, uniquement parce que Josie t'avait arrangé un rendez-vous avec lui. Vous vous êtes vus une fois, il paraît que tu as passé un bon moment et le lendemain, tu l'avais déjà examiné sous toutes les coutures et tu rejetais tout ce qu'il avait de différent comparé à Edge. Tu es mon fils et, contrairement à ce que tu penses, je te connais.

— Maman, dis-je plus doucement, laisse tomber, s'il te plaît. Je suis mieux sans lui.

— Si tu le dis, mon chéri.

Elle disait ça clairement pour lui faire plaisir. Il était fatigué de se disputer avec elle à ce sujet et il n'allait pas abonder dans son sens de toute façon. Il le faisait rarement.

— Je vais aller me coucher.

— Moi aussi. Emma est à une soirée pyjama, et j'ai la nuit rien qu'à moi.

— Du coup, tu es à la maison en train de lire ou quelque chose comme ça.

Son ton laissait entendre qu'il était la plus grande déception au monde.

— Non. Je suis sorti un moment ; je viens juste de rentrer à la maison. Je pensais que je pouvais m'amuser un peu pendant qu'Emma était à sa soirée.

— Dieu merci. Je commençais à penser que les gènes de l'amusement avaient complètement sauté ta génération. Quand es-tu sorti pour la dernière fois et t'es-tu amusé seul ? Attends, ne réponds pas. Je vais dire que ça fait un petit peu plus de huit ans, juste avant qu'Emma naisse. Depuis, tu n'as fait que travailler, être un père et très peu d'autres choses. Bien sûr, tu es parti quelques fois, comme l'an dernier avec Emma au parc Disney, mais tu n'as pas fait une seule chose juste pour toi. Et maintenant, te voilà sorti pour la première fois depuis une éternité et tu es à la maison avant vingt-deux heures ? Tu es vraiment ennuyeux à ce point ?

— Je suppose que je suis aussi ennuyeux que tu es irresponsable, répliquai-je. J'adorerai continuer à échanger des piques avec toi, mère, je pourrais même faire ça toute la nuit, mais je vais me reposer un peu et profiter du calme pendant quelques heures, parce que je suis certain qu'Emma va renter à la maison en manque de sommeil et assez hyperactive d'avoir mangé trop de sucre et de s'être trop amusée pour rester réveillée une bonne partie de la journée.

— Très bien. Je t'appellerai plus tard.

Elle raccrocha, Pat remit son téléphone dans sa poche et sortit de la voiture. Pourquoi sa mère pouvait le rendre fou plus vite que n'importe qui d'autre sur terre, il ne le comprendrait jamais. Elle l'irritait et il avait toujours eu moins de patience avec elle qu'il ne l'aurait voulu. Il aimait sa mère, mais…

Pat entra chez lui et verrouilla la porte, puis il monta directement à l'étage et prit une douche. Il avait besoin d'enlever l'odeur de la sueur et des hommes étranges de sa peau. Une fois propre, il s'allongea sur son lit et ferma les yeux, essayant de dormir. Bien sûr, le seul visage qu'il avait essayé d'oublier pendant neuf ans revint le hanter. Quand ils étaient ensemble, Edge était toute sa vie et Pat n'avait pas pensé qu'il pourrait être plus heureux que ça. Edge et lui avaient fait tellement de projets : des voyages, une famille, un foyer ensemble. Il pensait qu'ils allaient construire une vie et qu'ils voulaient les mêmes choses. Puis, Edge avait reçu une proposition d'emploi et, soudainement, tout avait changé. Edge voulait partir, leur vie n'était plus assez bonne pour lui, puis il était parti. Après son enfance très peu conformiste, Pat avait voulu de la stabilité et du bonheur, mais juste quand il pensait avoir trouvé ça, tout avait changé. Puis, moins d'une année plus tard, la roue avait de nouveau tourné et Emma était entrée dans sa vie. Si petite et avec les yeux les plus bleus qu'il n'avait jamais vus de sa vie. Puis, il avait réalisé qu'il pouvait avoir tout ce qu'il voulait, tout simplement d'une manière différente.

Mais, il n'avait jamais cessé de penser à Edge. Peu importe combien de fois il avait réellement essayé de le sortir de sa vie, Pat avait échoué. Et maintenant, Edge était de retour et l'avait trouvé. Pat espérait dur comme fer qu'il le laisserait tranquille. Il s'en était sorti un long moment sans Edge et il pouvait toujours continuer sans lui. Tout ce dont il avait besoin, c'était qu'Edge reste loin de lui. Pat espérait qu'après ce soir, Edge le laisserait tranquille.

Pat roula sur le côté et frappa son oreiller. Il voulait se vider la tête et arrêter de penser à Edge. Il était si dur qu'il aurait pu planter des clous. Tout ce qu'il avait à faire, c'était de penser à Edge et à quel point ses réactions face à cet homme lui manquaient.

— Non.

Pat s'assit et grogna. Il n'allait pas de nouveau traverser ça. *Plus jamais*. Edge était sorti de sa vie et c'était tout. Toute cette fascination pour lui était simplement due au fait que Pat était sacrément excité. Il aurait probablement dû aller dans une autre boîte de nuit. Il était encore tôt...

Les boîtes n'étaient pas ce qu'il voulait. Pat recherchait quelque chose de plus que ça. Il avait besoin de quelqu'un qui prendrait soin de lui et serait une véritable partie de la vie d'Emma et de la sienne. C'était ce dont il avait besoin et Edge avait déjà prouvé qu'il n'était pas cet homme.

Chapitre Deux

— **JE** l'ai vu hier, dit Edge à sa sœur, Terry, quand elle l'appela pendant qu'il attendait pour son premier café de la journée. J'étais en boîte pour passer du bon temps. Il était en train de sortir et il m'a littéralement foncé dessus.

— Laisse-moi deviner. Il a accueilli ton retour les bras ouverts et dit qu'il te pardonnait d'avoir été le plus gros crétin de tous les temps et que, maintenant que tu étais de retour, vous pouviez tous les deux reprendre là où vous en étiez restés.

Terry pouvait être la plus grande impertinente de la planète.

— Je te l'ai dit à l'époque, que tu te conduisais comme un abruti.

— Tu avais seize ans. Tout le monde était un abruti pour toi à ce moment-là.

— Peut-être, concéda Terry. Mais j'avais quand même raison, et tu le sais. Ce travail, qui a mis la pagaille entre vous, ce n'était

13

qu'un prétexte parce que tu avais peur des choses que Pat voulait. Et qu'il a aujourd'hui, d'ailleurs, contrairement à toi. Je le vois toujours de temps en temps.

— Est-ce qu'il te parle ? demanda Edge.

— Bien sûr qu'il me parle. Ce n'est pas moi, l'abruti qui l'a quitté. Ça, c'est toi. Je suis juste ta sœur, et sa fille est magnifique et merveilleusement intelligente. J'avais l'habitude de les voir plus souvent avant qu'ils déménagent.

Elle le narguait, c'était un autre de ses talents.

— Comment se fait-il que tu saches tout cela et pas moi ?

— Peut-être parce que je vis toujours à Harrisburg, alors que tu as déménagé à Boston il y a neuf ans et que tu ne t'es jamais retourné avant que tout parte en sucette et que tu décides de revenir à la maison.

Edge voulait lui grogner dessus, mais il ne pouvait pas parce qu'elle avait raison, peu importe comment elle se comportait avec lui.

— Est-ce que tu peux arrêter au moins deux secondes ?

— Très bien, mais en quoi est-ce amusant ? Tu as toujours des sentiments pour l'homme que tu as fui il y a des années de ça, probablement quand il avait le plus besoin de toi. Franchement, Edge, si tu m'avais fait ça, je t'aurais aussi probablement dit d'aller te faire voir. Je veux dire, ça fait neuf ans. Il a une vie et tu n'en fais pas partie. À quoi t'attendais-tu ? À ce qu'il ait passé tout ce temps où tu étais parti à souhaiter que tu reviennes ? Je t'en prie. Tu es un gars intéressant, mais personne n'attend quelqu'un aussi longtemps.

— OK, soupira Edge. Mais, c'était bon de le revoir. Il avait l'air d'aller bien et…

— Donc, c'est toi qui en pinces toujours pour lui. C'est trop drôle et pathétique. C'est toi qui es parti, je te rappelle.

Un cri s'éleva derrière elle.

— Écoute, je dois y aller. Je dois changer Margie et la faire manger, et je pense que tu as besoin de redescendre sur terre et de réaliser que le passé, c'est le passé, et que c'est probablement une bonne chose. Je sais que tout s'est effondré, mais tu as un bon travail ici et tu reconstruis ta vie. Tu as juste besoin de réaliser que Pat n'en fera pas partie.

C'était plus dur que ce qu'Edge avait imaginé. Il avait eu neuf ans, et même après toutes les choses qu'il avait faites et tous les lieux qu'il avait visités pour son art, rien n'avait jamais égalé ce qu'il avait vécu avec Pat. Edge savait qu'il avait royalement merdé, même s'il lui avait fallu des mois pour s'en rendre compte, et, à ce moment-là, c'était déjà bien trop tard.

— Je sais, mais le revoir a fait remonter tout ce que je pensais avoir enterré.

— Rien ne reste jamais enterré très longtemps. Ça finit toujours par refaire surface et, quand c'est le cas, tu dois t'en occuper. Enterrer tes émotions, c'est comme ces cercueils qui ont refait surface à La Nouvelle-Orléans, pendant l'ouragan Katrina.

— Merci pour l'image. Maintenant, je vais voir des cercueils flottants.

Il s'interrompit et ferma les yeux tandis que les images flottaient dans son esprit.

— Je vais te laisser y aller.

Sa sœur devait préparer les enfants pour la crèche.

— Laisse-moi deviner, tu as été inspiré.

— Comment tu le sais ?

— D'accord. Je vais y aller, mais je t'interdis de m'envoyer des photos de peintures de rivières de cercueils. Sinon, je te jure que la prochaine fois que je te vois, tu t'en prends une.

Elle raccrocha, Edge se dirigea vers son atelier et ferma la porte. Il avait besoin de peindre ce sentiment, et Terry avait fourni exactement la métaphore dont il avait besoin. Edge attrapa une toile prête et sa palette de couteaux et de pinceaux, puis se mit au travail. Il adorait l'empâtement.

Les minutes devinrent des heures tandis qu'Edge travaillait, l'énergie créative se répandant en lui. Il adorait quand cela arrivait et qu'il se perdait dans le travail. Cela était arrivé de moins en moins souvent ces dernières années. Edge continua de travailler. Il avait faim, mais ne laissa pas ça l'arrêter jusqu'à ce que sa tête commence à tourner et qu'il voit double. Edge ouvrit la porte de son petit frigidaire et ouvrit une bouteille de jus de raisin, qu'il vida à grandes gorgées, puis engloutit du fromage et de la charcuterie enroulés ensemble. Une bouchée après l'autre, il mangea et bu frénétiquement, regardant son travail en cours parce qu'il était hors de question qu'il l'abandonne. Il avait besoin de le finir, et la compulsion était plus forte que prendre plus de temps pour manger ou boire. Une fois son repas terminé, Edge referma la porte du frigidaire du pied et se remit directement au travail.

Des heures plus tard, il était épuisé et le tableau fini reposait sur son chevalet. Il n'osait pas y toucher ou le déplacer, de peur d'étaler la peinture encore fraîche. Chaque partie de ce travail, de la couleur à la texture, était exactement ce qu'il voulait. Il était à la fois grand et large, détaillé et en même temps complexe. De près, on pouvait voir les éléments individuels, mais de loin, une image plus grande apparaissait.

Edge voulait peindre un portrait de Pat depuis un long moment, depuis qu'il était parti, mais il n'en avait jamais eu le courage et maintenant, après neuf ans, il avait peint ce qu'il pensait être la fin. Il devait tourner la page et, maintenant, c'était fait. Edge déposa ses outils et nettoya tout avant de laisser son travail sécher et de fermer la porte de son atelier derrière lui. Il alla directement dans la salle de bain, se déshabilla et se glissa sous la douche. Tout ce qu'il pouvait sentir, c'était la peinture à l'huile et il avait besoin de l'enlever de sa peau.

Il se frotta minutieusement et pensa prendre quelques minutes pour obtenir une autre sorte de soulagement. L'image de Pat avait tellement hanté ses pensées depuis la nuit dernière qu'il avait vaqué à ses occupations dans un état d'excitation semi-constant. Mais, son estomac grogna férocement, lui rappelant le peu qu'il avait mangé, donc Edge finit sa douche et s'habilla rapidement avant d'attraper ses clefs et de se précipiter vers sa voiture.

Il entra dans un restaurant dans la rue Second Street et se dirigea vers la dernière table de libre. Il s'assit et attrapa un menu. Il n'était pas vraiment difficile concernant la nourriture, il sélectionna donc la première chose qu'il vit, son regard parcourant déjà la salle à la recherche d'un serveur.

— Poppy, il n'y a pas de table, dit une fillette derrière lui.

Edge se tourna, prêt à leur offrir la table puisqu'une place au comptoir venait de se libérer, et il se retrouva nez à nez avec Pat.

— Tiens, tu peux prendre cette table, Pat, lui dit-il en se levant, prêt à partir.

— Est-ce que c'est un de tes amis, Poppy ? demanda la fillette, son regard alternant entre Pat et lui. Il ressemble à l'homme sur certaines des photos de l'album, sur le comptoir.

— Il l'était, il y a longtemps, répondit Pat.

Il déglutit difficilement, sous le regard d'Edge qui observait les mouvements de sa pomme d'Adam.

— Emma, voici M. Edge. Lui et moi étions amis avant qu'il déménage. Nous ne nous sommes pas parlé depuis très longtemps.

— Je suis ravie de vous rencontrer, dit Emma en tendant la main comme une jeune demoiselle plus vieille qu'elle semblait l'être.

Edge lui serra la main, puis se tourna pour aller s'asseoir sur le tabouret au comptoir, mais le trouva déjà pris. Il haussa les épaules et allait s'écarter du chemin quand Pat soupira.

— Je ne veux pas prendre ta table. Emma et moi pouvons en attendre une autre.

— Joignez-vous à moi, alors. Les tables ne se libèrent pas.

Il le dit aussi gracieusement qu'il le put, même si son estomac était soudainement rempli de papillons et que son cœur se mit à se battre un peu plus vite.

— S'il te plaît, ajouta-t-il doucement.

— Poppy, j'ai faim, dit Emma.

Pat lui indiqua de prendre place à la table.

— Merci.

Il glissa sur la banquette après Emma. Elle regardait déjà le menu, babillant sur ce qu'elle voulait manger.

— Je ne veux aucun des faux macaronis au fromage. Je peux avoir du poulet ? demanda-t-elle, levant les yeux vers Pat avec adoration.

— Bien sûr.

— Avec de la moutarde au miel. Ça dit qu'ils en ont.

Elle posa le menu sur le côté et tourna son regard vers Edge avant de prendre les crayons dans le pot sur la table.

— Est-ce que tu as des enfants ?

— Non. J'ai pensé à en avoir à un moment donné, mais je n'étais pas prêt, je suppose.

Il vit le regard intense de Pat et sut qu'il était suspendu à chacun de ses mots.

— J'adore les enfants, cependant.

— Dans ce cas, pourquoi as-tu décidé de ne pas en avoir ? demanda Pat, et Edge sentit l'air frais devenir glacé.

— Tout le monde n'est pas un aussi bon papa que toi, Poppy, dit Emma et à cet instant-là, Pat fondit.

Son expression s'adoucit et il se tourna vers Emma, ses yeux se réchauffant et se remplissant d'une adoration totale. Edge se détourna et se mordit la lèvre. Il était vraiment jaloux de cette petite fille. Il y avait eu un temps où ce même regard avait été rien que pour lui. Il avait vu cette expression et il l'avait mise plus d'une fois sur le visage de Pat – d'une manière très différente, mais quand même. C'était l'expression qu'il voyait la nuit quand il se souvenait de Pat.

— La maman et le papa de Marcie vont divorcer, et Marcie dit que c'est parce que son papa les frappe, elle et sa maman, parfois. Certaines personnes ne devraient tout simplement pas avoir d'enfants, annonça Emma du ton le plus sérieux du monde.

— Où as-tu entendu ça ?

Emma haussa les épaules et la conversation s'arrêta lorsqu'une serveuse approcha.

— Voulez-vous quelque chose à boire ? demanda-t-elle entre deux bulles de son chewing-gum.

— Je veux un Sprite et Poppy va prendre un thé glacé, sans sucre, sans citron. Et toi, M. Edge ?

Ses yeux étaient énormes et ce sourire était magnifique. Emma allait avoir du succès auprès des garçons quand elle serait plus grande. Pat allait certainement avoir du boulot avec elle.

18

— Un thé glacé sans sucre avec du citron, s'il vous plaît.

— D'accord. Je vais revenir prendre votre commande dans une minute.

Elle s'éloigna d'un pas nonchalant et Edge reporta son attention sur Pat et Emma.

— En quelle classe es-tu ? demanda Edge à Emma, ayant besoin de quelque chose pour lancer la conversation.

— Je viens de finir le CE1 et je vais passer en CE2, répondit-elle en se redressant.

Edge hocha de la tête et se tourna vers Pat, qui semblait encore plus nerveux qu'il ne l'avait été toute la nuit. Edge ne savait pas trop quoi dire d'autre puisque Pat semblait se retirer de plus en plus de la conversation à mesure que le temps passait.

— Qu'est-ce que tu fais ? demanda Emma.

— M. Edge est un artiste.

— J'ai enseigné l'art à la fac pendant un temps, mais je ne le fais plus. Cela ne me plaisait pas vraiment, donc maintenant je me contente de peindre. J'ai vécu à New York et à Boston pendant un moment. C'était vraiment des endroits géniaux, mais ce n'était pas la maison.

Il répondait à Emma, mais parlait en réalité à Pat.

— Est-ce que tu as vu la statue de la Liberté ? Poppy m'y a emmenée. Il m'a aussi emmenée en haut de l'Empire Slate Building.

— L'Empire State Building, corrigea doucement Pat. New York est surnommé l'Empire State, c'est de là que vient le nom.

— Oh. Eh bien, Poppy m'a emmenée tout en haut, et c'était vraiment haut. Les oiseaux volaient en dessous de nous et je pouvais tout voir. C'était vraiment chouette, jusqu'à ce que Poppy devienne tout vert comme s'il allait vomir, du coup on a dû descendre.

— Est-ce que Poppy a le vertige ? demanda Edge, connaissant déjà la réponse.

Pat était terrifié de tout ce qui était plus haut que le second barreau d'une échelle. Edge le savait, mais Pat ne voulait clairement pas expliquer à sa fille ce que tous les deux avaient représenté l'un

19

pour l'autre à une époque. Il supposait que c'était le rôle de Pat de raconter son passé à sa fille.

— Oui.

— Emma, mon cœur, M. Edge te taquine. Nous sommes sortis ensemble, mais c'était avant ta naissance. Nous ne nous sommes pas revus depuis.

L'air glacial était de retour.

— Est-ce que vous vous détestez ou est-ce que vous êtes amis ?

Elle les regardait tous les deux, son sourire disparaissant peu à peu de son visage.

— Nous sommes amis, répondit Edge sans hésitation, même si Emma regarda Pat pour en avoir confirmation.

— Oui, mon cœur, Edge et moi sommes amis. Ce qui s'est passé remonte à longtemps, et je pense que lui et moi pouvons tous les deux dire que nous sommes désolés de ce qui s'est passé et tourner la page.

Edge voulait croire que ce que Pat disait n'était pas seulement adressé à Emma. Mais il n'en était pas vraiment certain et, étant donné la réaction véhémente qu'il avait reçue la nuit précédente, Edge supposait qu'il était préférable de ne pas insister.

— C'est bien, dit Emma joyeusement.

Quand la serveuse apporta leurs boissons, elle accepta la sienne avec un sourire et se mit à les ignorer royalement tandis qu'elle faisait les jeux imprimés sur le set de table en papier tout en sirotant sa boisson.

Pat commanda pour Emma et lui-même, et Edge prit un burger avec des frites. Il était vraiment affamé et envisagea d'ajouter une salade avant de décider qu'il ferait mieux de s'abstenir.

— Donc, tu peins à plein temps, maintenant ? demanda Pat.

— Oui. Il y a deux ans, j'enseignais encore. Les étudiants étaient doués et tout, mais c'était plus machinal qu'autre chose. J'avais déjà enseigné cette classe cinq ou six fois, c'était répétitif. Je me suis réveillé un matin et j'ai pensé que ce n'était pas ce que je voulais faire du reste de ma vie. Elle avait dévié de son cours et je l'avais laissée m'éloigner des choses que j'aimais, donc j'ai fini l'année, je suis parti et je me suis jeté corps et âme dans mon art.

— Comment ça s'est passé ?

— Pas très bien. Cette partie de moi avait été mise tellement longtemps en sommeil que je ne pouvais rien faire qui ne soit pas mauvais. J'ai fini par faire des choses que je détestais juste pour payer les factures et j'étais malheureux, donc j'ai décidé de revenir ici pour voir si les choses pouvaient s'améliorer, et je pense que ça a été le cas, ces derniers jours.

— Edge… dit Pat, son ton contenant un avertissement.

Edge savait que les choses avec Pat n'allaient probablement pas aller très loin. Ils pouvaient avoir fait la paix, en quelque sorte, mais c'était tout. Bon sang, il supposait qu'une fois qu'ils auraient tous quitté le restaurant, cela pourrait être la dernière fois qu'il verrait Pat, et cette pensée lui glaçait le sang. Maintenant qu'il avait à nouveau vu le sourire et la lumière dans les yeux de Pat, c'était dur pour lui d'accepter qu'il n'allait jamais… jamais les revoir.

— Je sais, dit-il.

Il avait tendance à s'emballer rapidement parfois, et il devait garder son enthousiasme sous contrôle. Il était en plein dîner impromptu avec Pat, ce qui était plus que ce à quoi il était en droit de s'attendre.

— Quel genre de peinture tu fais ? demanda Emma. J'adore dessiner et Poppy dit que je suis douée. Mais, c'est Poppy, c'est normal qu'il dise des trucs comme ça.

— Qui a dit ça ? demanda Pat en la chatouillant. Tu sais que je ne dis jamais rien qui ne soit pas vrai.

Elle gloussa joyeusement, puis reprit ce qu'elle faisait une fois que Pat eut arrêté de la chatouiller.

— Je suis toujours en train de chercher mon style après tout ce temps. Cela vient doucement. Je travaillais sur un tableau aujourd'hui qui pourrait être une percée, mais je n'en suis pas certain.

Il avait pensé avoir dépassé son blocage avant, mais c'était toujours revenu. Edge espérait que cette fois, le travail commencerait à affluer.

— Tu disais toujours que tu devais peindre avec ce que tu ressentais.

21

Les yeux de Pat flamboyèrent, mais Edge ne savait pas vraiment pourquoi.

— Parfois, tu te perdais dans ton travail pendant des heures et je me demandais si tu te souvenais que j'existais. Puis, bien sûr, une fois que c'était fini...

Pat détourna le regard et les joues d'Edge s'échauffèrent. Chaque fois qu'il finissait une de ses crises créatives, il emmenait Pat au lit et ils faisaient l'amour pendant des heures. Il planait vraiment très haut et il voulait toujours partager ça avec Pat.

— Je dois aller aux toilettes, dit Emma.

— Est-ce que tu as besoin que je t'accompagne ? demanda Pat en la laissant sortir de table.

Elle leva les yeux au ciel.

— Non, Poppy, dit-elle d'un ton exaspéré.

Il lui indiqua les toilettes du doigt et la regarda s'y diriger.

— Edge, tu dois savoir qu'il ne peut rien se passer entre nous. J'ai Emma, maintenant, et elle est la personne la plus importante dans ma vie et elle le sera toujours.

Il lui parlait, mais Pat ne quitta jamais des yeux l'endroit où Emma était partie.

— Tu as poursuivi nos projets, même après mon départ.

Pat fit une pause.

— Oui. Je voulais un enfant, et j'aurais préféré en avoir un avec toi. Mais, tu es parti, et...

Pat soupira et son expression se durcit.

— Emma est la meilleure chose qui me soit jamais arrivée. J'aime être père, elle est cette incroyable personne qui m'aime inconditionnellement et je l'adore.

— Travailles-tu toujours dans l'architecture ? demanda Edge.

— Oui. J'ai monté ma propre entreprise et je travaille chez moi. J'aime ça et je suis à la maison quand Emma l'est. Je suis devenu assez connu dans certains cercles et un de mes bâtiments est en pleine construction à Berlin. Je suis ravi de faire partie de ce qui se passe là-bas. Ils ont une vision incroyable et ils ne veulent que le meilleur.

Pat esquissa un sourire comme s'il ne pouvait pas s'en empêcher.

— Pour autant que j'aime ça, j'abandonnerais tout pour elle si je le devais.

Pat se leva et Emma glissa sur la banquette juste au moment où la serveuse leur apportait leurs plats.

La conversation prit fin et Edge souhaita pouvoir penser à quelque chose qu'il pourrait dire pour éviter cette fin.

— Pat, je me demandais, est-ce que tu voudrais que je te peigne un portrait d'Emma ?

C'était la seule chose qui lui vînt à l'esprit et aussitôt que les mots furent sortis de sa bouche, il aima l'idée plus qu'il ne l'avait pensé.

— Comme un modèle ? demanda Emma. Poppy, je veux être un modèle. Je peux ?

Pat n'était clairement pas chaud à cette idée.

— Tu n'as pas à faire quoi que ce soit. Toi et moi voulions des choses différentes, mais tu ne me dois rien à cause de ça.

Pat s'interrompit.

— Je le pense. Je ne travaille pas beaucoup et je pense que peindre Emma pour toi pourrait être ce dont j'ai besoin. M'autoriserais-tu à le faire ? En souvenir du bon vieux temps.

Peut-être que ce n'était pas une si bonne idée que ça. Il avait très peu d'espoir d'obtenir quoi que ce soit de plus qu'Emma assise pour la peinture. Mais, plus il restait assis avec Pat, plus il réalisait ce à quoi il avait renoncé par peur. C'était tout, et rien d'autre : il avait eu trop peur de se ressaisir et de rester pour voir ce qu'il se passerait. Au lieu de ça, il avait fui comme un lapin apeuré et il avait perdu la meilleure personne qu'il n'avait jamais rencontrée.

— Je vais y réfléchir, dit Pat.

— Poppy, pleurnicha Emma en plongeant un nugget de poulet dans la sauce. Tu dis toujours ça quand tu veux dire non.

Elle prit une bouchée, avala, puis fit la moue. Bon sang, la gamine était vraiment douée. Edge s'attendait à voir Pat craquer sur-le-champ. Doux Jésus, Edge devait apprendre à maîtriser cette expression.

— Tu as dit que M. Edge était ton ami.

— OK, chaton. J'appellerai Edge demain et nous verrons si nous pouvons organiser ça.

Le cœur d'Edge tambourinait fort dans sa poitrine. Il sortit son portefeuille et tendit à Pat l'une de ses cartes.

— Appelle-moi quand tu peux et nous pourrons décider d'un moment pour que vous veniez à mon atelier. Tu pourras y jeter un œil et on pourra décider ce qui fonctionnera le mieux.

Edge mangea la dernière de ses frites et finit son burger.

— Tu devais être affamé, dit Pat.

— J'ai travaillé toute la journée et je n'ai pas beaucoup mangé, répondit-il.

Il vit une rougeur se répandre dans le cou de Pat. C'était un de *ces* moments.

— Oh, dit Pat en avalant.

Son regard se riva dans celui de Pat de la même façon qu'il le faisait à l'époque. Edge n'avait jamais eu besoin de dire quoi que ce soit à Pat. Quand ils étaient ensemble, ils arrivaient à communiquer simplement par le regard, et cela avait l'air d'être toujours le cas.

Edge soutint le regard de Pat aussi longtemps qu'il ne l'osa, souhaitant que l'homme se souvienne de comment les choses avaient été entre eux. Il sut tout du long que Pat était réceptif, puis, tout d'un coup, la connexion fut rompue et Pat reporta son attention vers Emma.

— Finis ton assiette.

— C'est ce que je fais, Poppy, dit-elle en prenant une autre bouchée.

Pat mangea ce qu'il restait de son plat et devint agité. Edge connaissait aussi cette réaction. Pat était nerveux et voulait partir le plus vite possible, mais il ne voulait pas sembler pressé. Une fois qu'Emma eut fini de manger, Pat demanda l'addition et paya avant qu'Edge ait le temps de sortir son portefeuille.

— Je t'appellerai, dit Pat en prenant la main d'Emma.

— J'ai été ravi de te rencontrer, dit Edge à Emma.

— Au revoir, M. Edge, dit-elle en faisant un signe de la main avant qu'elle et Pat quittent le restaurant.

Edge commanda un autre thé glacé en les regardant partir. Il resta finalement assis sur la banquette un moment, puis partit, laissant un pourboire supplémentaire à la serveuse et se disant qu'il était temps de rentrer chez lui.

Chapitre Trois

PAT fixa la carte d'Edge pour la millionième fois en deux jours. En réalité, il avait sérieusement réfléchi à l'idée de la perdre accidentellement délibérément afin d'avoir une bonne excuse pour ne pas l'appeler. Bien sûr, il ne l'avait pas fait et il avait été incapable de s'empêcher de penser à Edge. Il savait qu'il n'avait pas besoin de lui dans sa vie, et que cette fascination devait être due au fait qu'il n'avait pas eu de relations sexuelles depuis tellement longtemps qu'il n'arrivait pas à se rappeler la dernière fois qu'il avait fait quelque chose de sexuel n'impliquant pas sa propre main. Dernièrement, cependant, il avait même arrêté ça parce qu'Edge continuait de revenir dans ses pensées et il avait déjà passé assez de temps à tourner la page, donc il n'allait pas le laisser revenir dans sa vie… même dans ses fantasmes. Ça finirait par passer.

Finalement, il céda et passa ce fichu appel.

— Edge, c'est Pat.

— Je commençais à penser que tu n'appellerais pas.

— Eh bien… Emma est vraiment excitée de se faire peindre. Je suis certain qu'elle pense que tu vas la peindre elle au lieu d'une toile.

Parfois, cette gosse avait des idées franchement étranges.

— Bref, si tu es toujours partant pour faire un portrait…

Il espérait qu'Edge change d'avis.

— Génial. Quand cela t'arrangerait-il de venir voir l'atelier ? Je peux la faire asseoir et prendre quelques photos, quelque chose comme ça.

Il semblait extrêmement enthousiaste et Pat se souvenait clairement de l'énergie maniaque qu'Edge avait quand il était vraiment à fond sur un projet.

— Est-ce que ça irait, demain vers dix-huit heures ?

Yep, l'énergie affluait. Il était fort probable qu'Edge rebondirait sur les murs une fois qu'ils auraient raccroché.

— Ce serait parfait.

Pat attrapa la carte sur son bureau, notant que l'adresse d'Edge était dans la rue Third Street.

— D'accord. On se voit demain à dix-huit heures.

Pat raccrocha. Il devait mettre fin à ce fichu appel. Entendre la voix d'Edge le rendait déjà fou alors qu'ils n'étaient même pas dans la même pièce.

Il était pathétique. C'était tout ce qu'il pouvait dire. Edge l'avait laissé tomber il y a neuf ans et toute une vie. Il avait Emma et des responsabilités, Edge était et serait toujours un esprit libre. Le revoir l'avait fait rentrer dans un cercle vicieux. Pat devait se remettre au travail pour pouvoir terminer les plans qu'il devait finir pour la fin de la semaine. Il n'arrivait pas à se concentrer, mais il devait essayer.

— Poppy, appela Emma tandis qu'elle courait dans la maison après être descendue du bus.

Il l'avait inscrite à un programme d'été via l'école pendant quelques semaines. Elle adorait ça.

— Est-ce que tu as appelé M. Edge ? demanda-t-elle pour la vingtième fois.

— Oui, et nous allons le voir demain à six heures.

Il se leva et alla lui préparer son goûter. Toute cette histoire avec Edge le laissait un peu sans savoir quoi faire et il avait besoin de se ressaisir.

— Oui, dit-elle alors qu'il entendait son sac tomber sur le sol.

— Range tes affaires pendant que je te prépare ton goûter, lui demanda-t-il.

Il entendit ses pas résonner dans les escaliers. Elle faisait probablement la grimace et traînait des pieds pour monter faire ce qu'il lui avait demandé.

— Je sais, la vie est dure, dit-il, plus pour lui-même puisqu'elle avait quitté la pièce.

Il prit une pomme et la coupa en tranches, mit un peu de beurre de cacahuète dans un bol, puis sortit une brique de jus de fruits et lui donna le tout quand elle bondit dans la cuisine.

— Merci, dit-elle joyeusement avant de se diriger dans le salon.

Pat commença à nettoyer quand il entendit la télé s'allumer.

— Juste une heure, ensuite tu feras autre chose, la prévint-il.

Il essayait de limiter le temps qu'elle passait devant la télé, mais il n'y arrivait pas toujours. Pat retourna dans son bureau, laissant la porte ouverte pour pouvoir l'entendre. Une fois de plus, il essaya de se sortir Edge de la tête, sans franchement réussir.

LE lendemain, Emma passait la journée à la maison. C'était plus dur ces jours-là parce qu'il avançait moins dans son travail, mais il adorait passer du temps avec elle. L'après-midi, Emma passa quelques heures chez une amie, donc il travailla aussi dur qu'il le put pendant cette accalmie. Heureusement, il fut capable de bien avancer et une fois qu'Emma fut de retour, il lui prépara un goûter, grignota lui-même quelque chose rapidement, puis ils quittèrent la maison une fois qu'Emma eut enfilé une tenue avec laquelle elle voulait être peinte.

Arrivé au loft d'Edge, au troisième étage d'un vieux bâtiment industriel en briques, Pat ne savait pas trop à quoi s'attendre, mais une fois à l'intérieur, il grimpa les escaliers massifs, frappa à la porte en métal et Edge ouvrit. Ils entrèrent dans la grande pièce ouverte.

— Je suis content que vous soyez venus, dit Edge avec un immense sourire en leur indiquant d'aller vers le fond de la pièce.

Ils traversèrent le loft et Edge ouvrit une autre porte menant à une pièce baignée de lumière et sentant la peinture.

— Beurk, dit Emma. Qu'est-ce qui pue comme ça ?

— C'est juste la peinture, expliqua Edge en ouvrant la fenêtre pour laisser rentrer de l'air frais. Je passe tellement de temps ici que je ne la sens même plus.

Pat se souvenait de ça et son corps se rappelait cette odeur et toutes les choses qui allaient avec. Il ferma les yeux, inspira l'odeur qui se dissipait autour de lui et sentit son corps le picoter partout où ses vêtements touchaient sa peau. C'était vraiment une mauvaise idée, il avait besoin de sortir d'ici avant de faire quelque chose de vraiment stupide.

— Pourquoi ne t'assiérais-tu pas ici ?

Edge apporta un tabouret et la fit s'asseoir.

— Est-ce que je peux faire quelques croquis de toi et prendre quelques photos ? demanda Edge à Emma, qui semblait complètement ravie.

— D'accord. J'aime les photos.

Elle lui fit un large sourire et s'assit un peu plus droite. Edge saisit son appareil et commença à prendre quelques photos. Emma bougea et posa comme si elle était à une séance des photos de mode. Pat oublia son propre malaise une fois qu'il vit Emma s'amuser. La séance photo se déroula sans heurts, puis Edge attrapa un bloc à dessin et commença à faire des croquis.

— Cela va être la partie ennuyeuse pour toi. Reste tranquillement assise et laisse-moi travailler.

— Est-ce que M. Edge t'a déjà peint, Poppy ?

— Non. Il en a parlé quelques fois, mais ne l'a jamais fait.

Pat avait toujours pensé qu'il aurait tout le temps du monde pour s'asseoir et de se faire peindre, mais leur temps ensemble avait finalement pris fin plus abruptement qu'il ne l'aurait imaginé.

— Peut-être qu'il peut, maintenant, dit Emma et Pat secoua la tête.

— Un tableau de toi est plus que suffisant. De plus, tu es la plus jolie.

Pat sourit à sa fille tandis qu'elle se pliait à ce qu'Edge demandait et se tenait immobile. Emma était habituellement très active, donc la faire rester assise ainsi si longtemps était impressionnant. Sa fille grandissait et, dans quelques années, elle serait adolescente. Après ça viendrait le lycée, puis elle irait à la fac. Il semblait que c'était hier qu'il avait tenu Emma dans ses bras pour la première fois ; elle avait tellement grandi depuis.

Pat se détourna et laissa Edge travailler, regardant par la fenêtre vers le petit jardin à l'arrière du bâtiment. Il voulait qu'Emma devienne une personne accomplie, mais il souhaitait que cela arrive plus lentement. Chaque année, elle devenait de plus en plus la jeune femme qu'il savait être en elle et de moins en moins l'enfant qui aurait besoin de lui.

— Poppy, regarde ça, dit-elle.

Pat se tourna vers Edge, qui tenait son bloc de dessin près d'Emma.

— C'est beau.

Pat ressentit une vague de sentimentalité teintée de regret.

— C'est très ressemblant, j'aime la façon dont tu as réussi à capturer son regard. Elle ressemble à elle-même et en même temps, elle a l'air un peu plus vieille.

Il se rapprocha, son regard faisant des allers-retours entre Edge et le croquis.

— Mon Dieu, murmura-t-il alors qu'il voyait Emma comme elle était et l'adulte en elle qui attendait de sortir. Comment tu as fait ça ?

— C'est un don, expliqua Edge avec un sourire en coin.

— C'est stupéfiant, et c'est seulement un dessin, dit Pat. Tu n'as jamais rien fait de semblable, avant.

— J'ai beaucoup appris ces dernières années et ça aide quand je suis inspiré, lui répondit Edge. Je pense que c'est assez de dessin pour ce soir.

Edge referma son bloc à dessin et aida Emma à descendre du tabouret.

— Je ne sais pas exactement combien de temps il va me falloir pour le finir, mais je vais commencer à travailler dessus demain. Je pourrais avoir besoin de la revoir une fois que j'approcherai de la fin, si c'est d'accord.

Pat acquiesça sans y penser. Il voulait vraiment voir ce qu'Edge leur réservait.

— Rentrons à la maison, ma puce.

— J'ai faim, déclara Emma. Est-ce qu'on peut acheter McDo ?

— Si tu veux, répondit Pat dans un moment de faiblesse.

Habituellement, il évitait ce genre d'endroit parce qu'il voulait qu'Emma ait une alimentation saine, mais il l'y emmènerait.

— Tu as été très sage et tu es restée assise un long moment.

Il lui tendit la main et Emma la prit. Les jours où elle lui tenait la main volontairement étaient aussi comptés, donc il devait en profiter.

— Merci, Edge. J'apprécie que tu fasses ça pour nous.

Il relâcha la main d'Emma et la tendit à Edge qui soupira, puis l'attira dans une étreinte. La fermeté de son étreinte et son odeur intensément entêtante et masculine entoura Pat, et son traître de corps réagit avec une force qu'il n'avait pas ressentie depuis près d'une décennie. Edge lui manquait vraiment, mais il devait aussi mettre de la distance entre eux. Il n'allait pas laisser son instinct prendre le dessus sur son bon sens. Il avait déjà fait ça et cela ne l'avait mené nulle part. Cela n'allait pas se reproduire.

Pat s'écarta et recula, ne sachant sacrément pas quoi dire. Il ne s'était pas attendu à ça et maintenant qu'Edge l'avait étreint, il voulait être enlacé à nouveau.

— Au revoir, M. Edge, dit Emma avec un signe de la main, avant que Pat lui fasse traverser l'appartement jusqu'à la porte d'entrée.

Il devait sortir d'ici afin de pouvoir respirer de l'air frais qui n'était pas fortement empli de l'odeur d'Edge. Dans cet appartement, partout où il allait, Edge était là, le rendant fou et faisant son chemin dans les bonnes grâces de sa fille.

— Allons-nous chercher quelque chose à manger.

Emma se précipita vers la voiture et attendit qu'il ouvre la portière. Elle bondit à l'intérieur et était déjà en train d'attacher sa ceinture quand Pat ouvrit sa portière.

— J'aime bien M. Edge. Il est gentil… et drôle.

— Il a toujours raconté de bonnes blagues, dit Pat.

Edge avait toujours été l'attraction des soirées. C'était en partie ce qui avait attiré Pat chez lui. Edge était tellement différent de lui, et une part de lui avait souhaité être comme Edge.

Pat démarra la voiture, écartant ses désirs et ses regrets.

PAT allait devenir fou. Emma n'avait pas mangé grand-chose, déclarant qu'elle n'avait pas vraiment faim malgré sa précédente déclaration. Elle était maintenant au lit et il avait l'intention d'essayer d'avancer un peu plus dans son travail. Mais rien ne fonctionnait. Son téléphone sonna sur son bureau, indiquant qu'il avait reçu un message, et Pat lui lança un regard noir. Il ne reconnut pas le numéro et il n'y avait pas de nom parce que le numéro n'était pas dans sa liste de contacts.

Merci d'être venu. C'était génial de te revoir et de travailler avec Emma. C'est un amour. Bien sûr, ça venait d'Edge.

Elle s'est beaucoup amusée. Merci d'avoir pris du temps pour ça et d'avoir était gentil avec elle. Elle a adoré. Pat envoya sa réponse et reçut un émoticône souriant en retour. Il mit de côté son téléphone et ouvrit le dernier tiroir de son bureau, en retira deux photos encadrées et les déposa sur son bureau. Pat n'avait pas eu le cœur à se débarrasser de ces photos, mais il ne les avait pas exposées depuis un bon moment.

Sur la première, Edge et lui étaient en vacances en Virginie, ils étaient côte à côte, à dos de cheval, souriant comme des idiots. Cette photo avait été prise juste quelques mois avant qu'Edge le quitte. Pat avait regardé ce cliché de nombreuses fois, cherchant des indices de la rupture à venir, mais n'en avait jamais trouvé aucun, et il n'en voyait toujours pas. Pat remit le cadre dans son tiroir et regarda la seconde. Edge et lui étaient ensemble depuis trois mois quand cette photo avait été prise pendant un pique-nique en famille. Ils se tenaient l'un à côté de l'autre, Edge avait un bras autour de ses épaules, et ils arboraient tous deux un sourire assez lumineux pour faire de l'ombre au soleil. Pat se souvenait de ce qu'il avait ressenti ce jour-là, comme si rien ne pouvait entacher son bonheur.

Il rangea aussi cette photo et referma le tiroir d'un coup sec. C'était assez. Il avait plus important à faire que de perdre son temps à penser à Edge. Il avait du travail. Pat arrivait enfin à se concentrer quand son téléphone sonna. C'était sa mère et il hésita avant de répondre.

— Salut, maman.

Il était un peu tard et il était inquiet.

— Je voulais juste vérifier si tu allais bien, dit-elle. J'ai eu le pressentiment que quelque chose n'allait pas.

— Tout va bien. Emma est au lit, profondément endormie, et j'essaie d'avancer dans mon travail.

Il n'allait pas lui parler d'Edge. Cela ne ferait qu'ouvrir la porte d'un sujet de conversation qu'il était préférable de laisser fermer.

— Bien.

Elle n'ajouta rien et semblait attendre.

— Qu'est-ce qu'il y a ? demanda Pat.

— Un petit oiseau m'a dit que tu as dîné avec Edge et que tu étais chez lui aujourd'hui.

— Maman, s'il te plaît. Nous sommes tombés sur lui au restaurant et il a proposé de peindre le portrait d'Emma. Ce n'est pas grand-chose, on ne va probablement pas le revoir. Il était inspiré et a pensé qu'Emma serait un bon sujet. C'est tout.

Il n'avait pas du tout envie d'avoir cette conversation.

— Pourquoi es-tu tellement enthousiaste à son sujet ? Il m'a laissé tomber, je te rappelle.

— Je sais. Mais vous étiez tellement bien ensemble. Alors quoi ? Il a eu un peu peur. Tu ne sais pas toujours ce dont tu as besoin.

— Je n'ai plus besoin d'Edge et, comme je l'ai déjà dit, lui et moi cela fait longtemps que c'est fini. J'ai décidé que j'allais essayer de sortir un peu plus et même recommencer à avoir des rendez-vous. Emma est assez vieille pour que j'aie ma propre vie, d'une certaine façon.

— Ne ramène pas d'étranger à la maison, répliqua sa mère.

— Maman, rappelle-toi à qui tu parles, la prévint Pat.

Il avait vu sa mère changer d'homme comme de chemise, donc elle n'avait rien à dire.

— Eh bien, j'étais stupide et je ne veux pas que tu le sois. De plus, tu pourrais attraper tellement de choses horribles. Tu sais, ça craint vraiment, et pas d'une bonne façon, quand le sexe peut te tuer.

— Oui, maman. Rappelle-toi, tu parles à celui qui, à seize ans, te ramenait des préservatifs pour t'aider à te protéger.

Et aussi parce qu'il ne voulait pas une petite surprise au bout de neuf mois. Bon Dieu, quand il y repensait, il réalisait à quel point ils avaient tous les deux été chanceux. Sa mère n'était jamais tombée enceinte et les maladies qu'elle aurait pu contracter avaient semblé l'éviter.

Elle se tut pendant un moment.

— Est-ce réellement si mauvais ? Je t'ai laissé seul pour que tu puisses grandir et devenir qui tu es. Tu as eu le choix.

– Oui, maman. Mais je n'ai pas choisi d'être là, sans nourriture dans la maison et avec une mère absente la moitié du temps. Je me suis élevé moi-même et cela aurait été sympa si tu avais été là plus souvent.

Les choses n'avaient plus rien à voir avec ce qu'elles étaient il y a dix ou quinze ans. S'il avait élevé Emma de la même façon que sa mère l'avait élevé, on la lui aurait probablement enlevée.

— Je suppose que j'étais…

Elle semblait déprimée.

— J'y ai beaucoup pensé ces derniers temps ; j'étais égoïste et c'est toi qui en as fait les frais. Mais tu ne te comportes pas comme ça.

— Non.

34

Il ne dit pas qu'il avait réfléchi à ce qu'elle avait fait et faisait tout le contraire. Cela serait méchant et sans intérêt. Son adolescence était finie depuis longtemps, de l'eau avait coulé sous les ponts et il ne voulait pas remettre le sujet sur la table. Bon sang, il ne voulait certainement pas revivre ça.

— En parlant d'Emma, quand vas-tu me l'amener pour un week-end ? J'adorerais passer un peu de temps avec elle. Je te promets de la surveiller et d'être toujours là.

— Je regarderai notre emploi du temps et je te tiendrai au courant. Elle participe à un programme d'été avec l'école, donc elle pourrait venir après avoir fini le vendredi. Je vérifierai pour dans quelques week-ends. Peut-être pour le quatre juillet. Pas de cierges magiques ou de feux d'artifice. Tu peux l'emmener en voir, mais tu ne peux pas lui en donner.

Sa mère lui avait donné tout ce qu'il voulait et, même si c'était amusant, il n'allait donner à Emma aucune de ses fusées. Comme les choses avaient changé.

— Bien sûr que non. Pour quel genre de grand-mère me prends-tu ? demanda-t-elle un peu hautainement. Tu sais très bien qu'Emma compte presque autant pour moi qu'elle ne compte pour toi.

— Je sais, maman. Emma est une enfant chanceuse.

Il le pensait sur énormément de points. Malgré toutes les erreurs de sa mère pendant qu'il grandissait, elle semblait s'être passée d'une mère non-interventionniste à une grand-mère tigresse qui n'allait rien laisser arriver à la précieuse fillette qui serait probablement son seul et unique petit-enfant.

— En effet. Elle a de la chance de t'avoir pour père.

Elle soupira doucement et Pat se demanda ce qu'elle avait en tête.

— Tu sais, j'ai parlé à Edgerton, et cela m'a fait réfléchir.

Pat ressentit le même courant d'air glacial qu'il avait ressenti avec Edge, et il n'aimait pas du tout ça.

— À quel sujet ? demanda-t-il, s'efforçant de maintenir un ton égal et ferme.

— Eh bien, je sais qu'Edge et toi aviez parlé d'avoir des enfants, puis il t'a quitté et tu as quand même poursuivi ce projet. Mais je pensais à combien c'était une chance qu'Emma ne soit pas l'enfant d'Edge.

Son souffle se fit entendre dans le téléphone comme s'il avait échappé de justesse à quelque chose.

— Je veux dire… Réfléchis-y une seconde. Si Edge et toi étiez restés ensemble et qu'Edge avait été le père biologique, tu n'aurais aucun droit sur elle. Maintenant, tu en aurais probablement grâce à toutes les modifications apportées aux lois et au mariage pour tous, et tout ça, mais à l'époque, si elle avait été son enfant biologique et que vous vous étiez séparés, tu n'aurais eu aucun droit sur ta fille.

La température chuta brusquement. Elle avait, bien sûr, absolument raison.

— Maman, c'est absurde. Qu'est-ce qui a bien pu te faire penser à des choses pareilles ?

— Je ne sais pas. Cela semblait bizarre à l'époque, que tu aies continué la procédure pour avoir un enfant juste après votre séparation, et ce n'est pas moins bizarre aujourd'hui. Pas que je sois une sainte ou quoi que soit, et avec tous les ratés que je semble attirer, tu étais la seule personne sur laquelle je pouvais toujours compter pour faire partie de ma vie.

— Maman, dit-il en entendant sa voix trembler comme si elle allait pleurer.

— Je sais que j'étais trop égoïste et que je faisais ce que je voulais plus que je ne l'aurais dû quand tu étais enfant. Je voulais que tu sois un esprit libre, que tu fasses tes propres choix dans la vie plutôt que je ne les fasse pour toi, parce que j'avais tellement foiré ma propre vie, et j'espérais que tes décisions seraient meilleures que les miennes. Et j'avais raison.

— Maman, est-ce que tu as bu du vin ? demanda-t-il.

Elle devenait excessivement émotionnelle quand elle buvait, mais elle n'avait pas abusé de l'alcool depuis un bon moment.

— Non. Et arrête d'essayer de ruiner mon beau moment. Je suis en train de dire que tu as grandi mieux que je ne l'aurais jamais espéré et que tu me rends fière. Tu as pris les meilleures décisions dans ta vie. Tu conçois des maisons et des bâtiments dans lesquels les gens vivent et travaillent, et tu as continué d'avancer et eu Emma parce que tu voulais élever un enfant.

Elle renifla et Pat ferma les yeux, laissant partir une partie du ressentiment et des blessures qui s'étaient accumulés à l'encontre de sa mère.

— Personne n'est parfait, et j'ai découvert que peu importe à quel point je voulais penser différemment, les enfants ne sont pas livrés avec un manuel. Nous pouvons seulement faire de notre mieux pour les élever afin qu'ils deviennent les personnes que nous espérons qu'ils soient, répondit Pat.

— Oui. Et peu importe ce que j'ai fait de mal, tu es devenu un homme dont je suis totalement fière.

Sa mère et lui n'avaient jamais eu ce genre de conversation et une boule se forma dans sa gorge.

— Merci, maman.

Il cligna des yeux plusieurs fois.

— C'est la seule chose pour laquelle je n'ai jamais eu besoin de me poser de questions. J'ai toujours su que tu étais fière de moi et que tu m'aimais. Et, contrairement à certains de mes amis qui se demandaient comment leurs parents allaient les traiter quand ils sortiraient du placard, je ne me suis jamais inquiété de ça. Tu as toujours voulu que je sois la personne que je suis.

— Tu es mon fils, dit-elle comme si cette idée était complètement absurde.

— Poppy ! cria Emma depuis les escaliers.

— Je dois y aller. Mais, je vais regarder l'emploi du temps d'Emma et m'arranger pour qu'elle vienne passer un week-end chez toi. Je sais qu'elle sera impatiente de te voir.

— Moi de même, répondit sa mère avant que Pat lui dise au revoir et raccroche.

— Poppy, appela de nouveau Emma, avec cette fois de la peur dans la voix.

Pat monta les escaliers en courant.

— Poppy, je suis toute mouillée, dit Emma tandis que Pat retirait les couvertures.

L'oreiller d'Emma était trempé, ainsi que ses cheveux. Sa chemise de nuit était aussi humide dans le dos et elle trembla à la perte de chaleur des couvertures. Il se précipita dans la salle de bain, attrapa un thermomètre, retourna dans sa chambre et prit sa température.

— Tout va bien, ma puce. Tu as de la fièvre. Est-ce que tu penses que tu vas vomir ?

Elle hocha la tête et Pat l'aida à aller jusqu'à la salle de bain. Elle y arriva juste à temps et Pat lui tapota gentiment le dos pendant qu'elle vomissait ce qu'elle avait dans son petit ventre.

— Reste là. Je vais aller te chercher des vêtements secs et changer les draps de ton lit.

Pat quitta la salle de bain et se mit au travail à la vitesse de la lumière. Il enleva tout, y compris le surmatelas, du lit et le refit complètement. Il lui prit aussi une nouvelle chemise de nuit et des sous-vêtements propres qu'il lui apporta, ainsi qu'un verre d'eau et un peu de jus de fruits.

Pat tira la chasse d'eau une fois qu'elle eut arrêté de vomir et fit couler un peu d'eau froide dans la baignoire. Il l'aida à monter dedans et elle se lava. Il ne la laissa pas rester dedans longtemps, juste assez pour qu'elle se rafraîchisse un peu, puis il l'essuya et reprit sa température, qui était maintenant en dessous de trente-neuf degrés.

— Je vais te donner du Tylenol pour enfant.

Il l'aida à prendre le médicament, lui donna un peu d'eau et quelques gorgées de jus de fruits, puis la porta jusqu'à son lit. Elle s'installa sous les couvertures et Pat quitta la pièce quelques minutes plus tard.

Il éteignit les lumières dans la maison et remonta à l'étage pour jeter un œil à Emma, qui dormait à nouveau. Mais, cela n'avait aucune importance. Pat attrapa une couverture et s'assit dans le fauteuil près de son lit pour la surveiller. Il s'endormit à un moment donné et se réveilla quand la lumière entra par la fenêtre de la chambre d'Emma. Il prit à nouveau sa température. Elle était encore élevée ; il s'inquiéta alors qu'il la regardait se tourner et se retourner pendant un moment.

Pat vérifia l'heure et lui donna une nouvelle dose de Tylenol, espérant qu'elle se rendormirait, ce qu'elle fit pendant une heure avant de se réveiller et de demander une couverture parce que, maintenant, elle avait froid.

Pat alla lui en chercher une et s'installa une fois de plus dans le fauteuil, inquiet jusqu'à en être à moitié distrait. Emma avait toujours été une enfant en bonne santé. Toute petite, quand les autres enfants attrapaient tous les microbes rien qu'en étant proches d'un enfant malade, Emma s'en sortait avec quelques reniflements et une fièvre occasionnelle avant de retourner à ses activités habituelles. Rien ne la ralentissait. C'était inhabituel.

— Bois un peu, ma puce, pour me faire plaisir, dit Pat.

Emma geignit, un fait inhabituel aussi, mais bu un peu du jus mélangé à de l'eau, puis se rallongea. Pat commençait à s'inquiéter d'une déshydratation en plus de la fièvre qui semblait ne pas vouloir redescendre.

En milieu de matinée, il la laissa pour se prendre quelque chose à manger et finit par engloutir quelques toasts et un verre de jus de fruits avant de retourner dans sa chambre. Emma était de nouveau endormie et Pat sortit pour appeler sa mère, mais tomba sur le répondeur. Il lui laissa un message et avait à peine raccroché que son téléphone se mit à sonner.

— Maman ? demanda-t-il pendant que la panique commençait doucement à monter en lui.

Il ne savait pas vraiment quoi faire pour elle. Emma paraissait extrêmement frêle et était aussi blanche que les draps avec lesquels il avait fait son lit quelques heures plus tôt.

— Désolé, c'est Edge. Qu'est-ce qui ne va pas ? demanda-t-il immédiatement.

Pat allait répondre « rien », mais Edge continua.

— Je connais ce ton ; tu ne l'as que quand tu as peur. Que se passe-t-il ?

— Emma est malade. Elle a de la fièvre et ça ne descend pas. Elle ne veut rien boire et je ne sais pas trop quoi faire. Je sais que c'était seulement pendant quelques heures, mais tu l'as vue. Elle souriait et était pleine d'énergie, et maintenant elle est… elle est…

Pat avait du mal à prononcer les mots. Ça n'allait pas du tout.

— Donne-moi ton adresse. J'arrive tout de suite.

— Je ne pense pas… commença Pat avant de décider de lui donner l'adresse.

Edge la lui relut et aussitôt que Pat confirma que c'était la bonne adresse, Edge lui dit qu'il était en chemin. Pat fourra son téléphone dans sa poche et vérifia l'état d'Emma une fois de plus. Dès qu'il entra dans la chambre, il sut que les choses avaient empiré. Elle avait été congestionnée plus tôt, mais sa respiration semblait beaucoup plus difficile à présent. Il entendait chacune de ses inspirations.

— Ma puce, dit Pat en la réveillant doucement.

— Poppy, murmura-t-elle.

La douleur évidente dans sa voix lui faisait mal au cœur et ajoutait à son inquiétude.

— Je vais t'habiller et on va aller te soigner.

Il ouvrit d'un coup sec un de ses tiroirs et attrapa un jogging rose et un tee-shirt. Il l'aida à retirer sa chemise de nuit, la déshabilla complètement et lui enfila les vêtements propres. Il venait de finir quand il entendit frapper à la porte d'entrée.

— Prends ce que tu veux emmener avec toi, je reviens tout de suite.

Il remit Emma sur son lit et elle câlina son lapin en peluche tandis qu'il se dépêchait de répondre à la porte et de faire entrer Edge.

— Est-ce que tu as appelé le médecin ? demanda Edge et Pat secoua la tête.

Il avait été tellement affolé qu'il en avait oublié les choses les plus simples.

— Va l'appeler et vois ce qu'il en dit. Où est-elle ?

— En haut, première porte à droite. Elle a besoin d'une couverture.

Il était choqué de la facilité avec laquelle il retombait dans les habitudes faciles qu'il avait avec Edge. C'était comme si une partie de son cerveau savait qu'il pouvait lui faire confiance, du moins pour l'aider à prendre soin d'Emma.

— OK. Je vais rester avec elle pendant que tu appelles.

Edge monta les escaliers et Pat chercha le numéro, puis passa l'appel. Il obtint la secrétaire et expliqua ce qu'il se passait et à quelle vitesse la maladie d'Emma progressait, ainsi que la fièvre qu'elle avait.

— Elle ne boit pas, et elle est épuisée et léthargique. Le Tylenol n'a pas fait baisser sa fièvre pendant plus d'une heure.

— Attendez un instant, dit-elle et Pat endura une stupide musique d'attente jusqu'à ce qu'elle revienne quelques minutes plus tard. Emmenez-la aux urgences. Il y a une vilaine souche grippale qui touche beaucoup d'enfants. Normalement, je vous prendrais en consultation, mais nous n'avons plus aucune place de libre et nous n'espérons pas de désistement aujourd'hui. En temps normal, je vous donnerais un rendez-vous pour elle demain, mais le docteur a dit de ne pas attendre.

— Merci. Je rappellerai pour vous dire ce qu'ils ont dit, répondit Pat avant de raccrocher et de se ruer dans les escaliers.

Il s'arrêta brièvement à la porte de la chambre d'Emma. Edge était assis sur le bord du lit avec Emma sur les genoux, la berçant doucement d'avant en arrière. La vue lui coupa le souffle et la culpabilité concurrença l'inquiétude pendant quelques secondes.

— Je dois l'emmener à l'hôpital.

— Poppy, pas de piqûre, d'accord ? dit Emma alors qu'elle glissait des genoux d'Edge et que Pat la prenait dans ses bras.

— Je vais faire de mon mieux, promit-il.

Emma n'avait pas peur de grand-chose, mais les aiguilles la terrifiaient.

— Ma voiture est garée juste devant.

— Je veux ma couverture de princesse, dit Emma.

Pat indiqua du doigt où elle se trouvait et Edge la prit.

— Tu as aussi besoin d'une veste, dit Edge.

Pat s'arrêta assez longtemps pour qu'Edge en attrape une dans le placard, puis ils furent à l'extérieur, montant dans la Jeep d'Edge.

Emma était pressée contre lui tandis qu'Edge conduisait comme un pilote de l'IndyCar. Pat se souvenait qu'Edge adorait conduire aussi vite qu'il lui était possible et, cette fois, ça ne le dérangeait pas du tout. Plus d'une fois au cours de leur défunte relation de deux ans, Pat avait fini par s'accrocher à la poignée « oh merde » dans la Jeep pendant qu'Edge prenait chaque virage de toute évidence sur deux roues. Il était reconnaissant pour ses compétences de conduite maintenant, et en dix minutes, ils avaient traversé le pont Harvey Taylor Bridge et étaient à l'entrée des urgences de l'hôpital.

— Emmène-la à l'intérieur, je vais aller garer la voiture, dit Edge aussitôt qu'il s'arrêta.

Dans d'autres circonstances, Pat aurait probablement protesté et dit à Edge qu'il n'avait pas besoin de rester, mais il était sorti de la Jeep et aidait Emma avant d'avoir pu dire ce qu'il pensait. Tout ce qui importait était d'obtenir de l'aide pour sa fille qui semblait s'affaiblir de seconde en seconde. Dès qu'ils furent à l'intérieur, il se présenta à l'un des guichets de l'accueil et Emma et lui furent renvoyés dans la zone d'urgence, où Pat la tint sur ses genoux pendant qu'il répondait aux questions, puis la porta jusqu'à l'un des lits de la zone des urgences où on les conduisit.

— Un homme nous a emmenés, Edgerton Winters.

— Voulez-vous qu'on vous l'amène quand il arrivera ? demanda l'assistante médicale.

— Oui, s'il vous plaît, remercia-t-il, puis elle expliqua que Pat devrait aider Emma à s'allonger et que quelqu'un viendrait bientôt les voir.

L'assistante médicale sortit, Pat aida Emma à s'installer, puis il s'assit sur la chaise près du lit, s'inquiétant jusqu'à ce qu'une infirmière ne les rejoigne. Elle posa encore beaucoup de questions et Pat expliqua l'arrivée soudaine des symptômes et la dégradation de l'état d'Emma depuis une heure.

— Je peux entendre sa congestion, dit l'infirmière.

— C'est le plus récent. Elle a eu de la fièvre la majorité de la nuit et a vomi hier soir. Elle n'a pas faim et n'a bu que quelques gorgées au cours des douze dernières heures. Je n'arrive à rien lui faire avaler d'autre, répondit Pat rapidement.

— D'accord, dit-elle en prenant quelques notes sur son ordinateur.

Elle prit les constantes d'Emma et rédigea encore des notes, observant les moniteurs pendant quelques secondes.

— Très bien. On va commencer par une intraveineuse pour la réhydrater et j'aimerais avoir un échantillon d'urine, si c'est possible. Je vais aussi faire un prélèvement de la gorge et on va la brancher à quelques moniteurs.

Elle plaça une pince sur le doigt d'Emma qui prenait sa température et son pouls de manière constante.

— Qu'est-ce que vous lui avez déjà donné ? demanda l'infirmière.

Pat mentionna le Tylenol et lui indiqua l'heure et le nombre de fois qu'il lui en avait donné.

Emma semblait encore plus pâle qu'elle ne l'était avant et ne fit aucune histoire quand on lui posa l'intraveineuse. Pat sut instantanément à quel point elle n'allait pas bien. Une aiguille comme ça aurait dû l'effrayer, mais elle se contenta de le fixer avec des yeux vitreux.

Edge les rejoignit alors qu'Emma se plaignait que sa tête lui faisait mal. L'infirmière le nota également.

— Est-ce que tu as mal autre part, ma puce ?

— Au ventre et au nez.

Elle renifla un peu pour bien insister et l'infirmière prit encore des notes.

— Je vais aller consulter le docteur. Repose-toi pour moi, d'accord ? dit-elle à Emma avant de donner la télécommande d'appel à Pat. Utilisez-la si quelque chose change. Je reviens aussi vite que possible.

Elle sortit rapidement et Edge se rapprocha de là où Pat était assis près d'Emma.

— J'apprécie que tu nous aies conduits ici, mais tu n'es pas obligé de rester si tu ne veux pas. Je peux appeler quelqu'un pour

43

nous ramener. On dirait que nous allons rester ici pendant un moment, dit-il à Edge.

Emma ferma les yeux et Pat étendit sa couette de princesse sur elle afin qu'elle voie quelque chose de familier à son réveil.

— Est-ce que c'est déjà arrivé avant ? demanda Edge en regardant Emma de plus près.

— Non. Elle a une santé de fer en temps normal. C'est pour ça je suis si inquiet et…

Le rideau fut écarté et un docteur entra. Il salua Pat, puis Emma qui ouvrit les yeux et fit de son mieux pour sourire.

— Je pense que tu as une mauvaise grippe, dit-il à Emma. Mais, nous allons te soigner.

Il pressa sa main doucement et se tourna vers Pat, baissant d'un ton.

— Il y a une souche très virulente qui circule et elle semble l'avoir attrapée. Il n'y a pas eu beaucoup de cas dans cette partie de la ville jusqu'à présent, mais nous nous attendons à ce qu'elle se propage rapidement. Nous lui avons administré des fluides et je vais lui donner un antiviral pour voir si ça l'aide à combattre le virus.

Il se tourna de nouveau vers Emma.

— Et ce que je peux écouter ton cœur ?

Il était jeune et avait un sourire facile qui fit acquiescer Emma. Il l'aida à s'asseoir et écouta son cœur et ses poumons à travers sa poitrine et son dos. Puis, il l'aida à se rallonger sous sa couverture.

— Cela n'a pas atteint ses poumons, ce qui est très bien.

— J'avais peur de m'affoler pour pas grand-chose… admit Pat.

— Non. Vous avez bien fait de nous l'amener. Cela va nous permettre de l'aider avant que son état empire.

La douleur dans ses yeux indiqua à Pat que d'autres n'avaient pas été si chanceux et, même si le docteur ne pouvait pas en parler, il était évident qu'il avait vu des cas plus sérieux et plus avancés.

— Je veux voir comment elle répond à l'antiviral avant de prendre une décision et de l'admettre à l'hôpital, expliqua-t-il avant de se tourner vers Emma. Repose-toi, ma puce, et tiens la main de papa, d'accord ?

— Poppy, dit-elle doucement.

Pat lui prit la main, la peur prenant une nouvelle fois le dessus tandis que la personne la plus précieuse de la planète à ses yeux avait besoin de lui.

— Je suis là. Est-ce que tu veux quelque chose à boire ?

— Je vais demander à une infirmière d'apporter un peu de glace pilée. J'aimerais qu'elle garde sa bouche humide. Laissez-la se reposer si elle veut et je vais vous envoyer une infirmière. Puis, nous attendrons un moment.

Il sortit et l'infirmière revint avec un bol de glace pilée. Elle fit une injection à Emma via la perfusion et vérifia que tout s'écoulait bien avant de partir à nouveau. Pat mit un peu de glace pilée entre les lèvres d'Emma qu'elle suça jusqu'à ce que tout ait fondu. Quand il demanda si elle en voulait encore, elle secoua la tête et ferma les yeux.

Edge était resté observer, debout de l'autre côté de la zone, et marcha doucement vers l'endroit où Pat était assis, ne disant rien jusqu'à ce qu'Emma se rendorme.

— Après... commença Edge, eh bien, après...

— Ton départ... compléta Pat.

— Est-ce qu'Emma était l'enfant dont nous parlions ? demanda Edge, l'air mal à l'aise. Je veux dire, elle a le bon âge et tout. Je suppose que je me demande si tu as eu quelqu'un d'autre dans ta vie ou...

— J'ai poursuivi mes plans, Edge. J'ai décidé que je n'allais pas te laisser m'enlever la chance d'avoir un enfant et regarde... j'ai reçu le plus beau cadeau de ma vie.

Pat leva les yeux pour rencontrer ceux d'Edge.

— Je ne changerais rien... sous aucun prétexte. Oui, nous avions prévu d'avoir un bébé et pour je ne sais quelles raisons, tu es parti... mais je suis le père d'Emma et je prendrais exactement les mêmes décisions.

— Donc, d'une certaine manière, Emma est l'enfant que nous avions prévu d'avoir, en déduisit Edge.

— Non. Emma est ma fille, et elle est mon monde.

Il était à deux secondes près de dire à Edge qu'il n'avait absolument aucun rôle à jouer dans sa vie, mais Pat ne pouvait pas se résoudre à mentir de cette manière.

— Ce que toi et moi avions prévu est arrivé il y a très longtemps et a peu d'incidence sur les choses aujourd'hui.

Il garda sa voix sur le même ton et attrapa de nouveau la main d'Emma.

— Peut-être que si les choses avaient tourné différemment… si tu avais été la personne que je pensais que tu étais…

— On change tous, Pat, dit Edge doucement, son regard se posant longuement sur Emma.

Pat se tourna vers l'une des machines et vit que sa température avait légèrement chuté. Ça lui mettait du baume au cœur.

— Écoute, j'avais peur, d'accord ? murmura Edge avec une pointe d'inquiétude qui consuma Pat à ce moment-là. J'avais vingt-cinq ans, nous étions ensemble depuis deux ans et tu étais déjà prêt à faire des plans pour fonder une famille. Je n'étais pas prêt et je ne savais pas comment te le dire, et puis j'ai eu cette opportunité de travail et je l'ai saisie. Je sais que c'était lâche et je l'ai regretté par la suite. Je pensais que je ne voulais pas la même chose que toi, mais, en fait, j'ai réalisé que ce que je voulais, c'était toi, et puis il était trop tard.

— Tu sais que tu aurais pu appeler, dit Pat.

— Vraiment ? répondit Edge en se rapprochant. Comme si, après avoir détruit ton rêve, tu aurais répondu à mes appels ou m'aurais demandé de revenir après m'être comporté comme le pire des abrutis ? En plus, la cause sous-jacente de ma peur n'avait pas changé. Tu as continué et eu Emma, et je n'étais toujours pas prêt.

Pat n'était pas certain qu'il soit prêt à laisser Edge s'en tirer comme ça. Mais, le ressentiment et la douleur qui le rongeaient depuis toutes ses années semblaient s'atténuer.

— Je ne sais pas comment j'aurais réagi, admit Pat. Ces premiers mois après ton départ, puis après quand Emma est née, il y a eu tellement de fois où quelque chose se produisait et où je me tournais pour partager ça avec toi, mais tu n'étais plus là. Après un

46

moment, j'ai appris à faire les choses seul. Maintenant, j'ai Emma et on fait les choses ensemble.

L'infirmière revint et Pat se tourna vers elle.

— Sa fièvre baisse. C'est vraiment bien, dit-elle. Et son pouls retourne à la normale. Laissez-la dormir, c'est la meilleure chose à faire.

Pat acquiesça et la remercia.

— J'en ai deux moi-même, dont un de son âge, et ils attrapent des choses comme ça. C'est toujours inquiétant, mais celle-ci est une battante. Je peux le dire.

— Elle l'est, accepta Pat.

L'infirmière leur sourit à tous les deux avant de quitter la zone.

— Je ne sais pas quoi te dire, dit Edge.

— Rien de ce que tu pourrais dire ne changerait ce qu'il s'est passé. Ce qui est fait est fait et, malheureusement, tu es celui qui a manqué la plus magnifique expérience que j'ai jamais eue dans ma vie.

Pat sourit tandis qu'Emma ouvrait les yeux et il lui donna encore un peu de glace pilée. Elle sourit et la suçota avant d'en demander encore. Cela devait être un bon signe.

— Est-ce que tu te sens mieux, beauté ? demanda Edge.

Emma acquiesça.

— Poppy, est-ce que tu peux me lire une histoire ?

— Je n'ai aucun livre avec moi. Nous sommes partis tellement vite que j'ai oublié d'en prendre un.

Pat aurait souhaité avoir quelque chose pour l'aider à la distraire.

— Je pourrais te raconter une histoire, proposa Edge. Si c'est d'accord.

— D'accord, M. Edge, dit faiblement Emma.

Elle n'avait aucune énergie, mais elle était plus alerte qu'elle ne l'avait été plus tôt. Pat n'était pas certain de ce qui avait aidé, mais il était soulagé que quelque chose l'ait fait.

— OK. Laisse-moi réfléchir. Il était une fois une petite fille du nom d'Emma, c'était une princesse. Son père était le roi Poppy et elle était la plus jolie et la plus exceptionnelle jeune demoiselle de tout le royaume. Le roi Poppy aimait sa fille et lui donnait tout ce qu'elle voulait, y compris un poney, et…

Edge fit une pause théâtrale.

— Un tutu de ballerine, un rose ? demanda Emma.

— Elle en avait sept, un pour chaque jour de la semaine, mais la princesse Emma n'était pas pourrie gâté. Elle était gentille et bonne avec tout le monde. Les gens l'adoraient parce qu'elle aidait tout le monde dans le royaume.

Pat avait presque oublié la manière dont la voix d'Edge pouvait tenir une cadence qui lui donnait l'impression que tout allait bien se passer.

— La princesse Emma devenait une jeune femme et le roi Poppy savait qu'il devait lui trouver un prince à qui la marier, quelqu'un qui la traiterait de la meilleure façon possible et qui l'aimerait pour toujours, tout comme lui.

— Les garçons sont dégoûtants, à part Poppy… dit Emma. Et peut-être toi.

Edge rit.

— Les garçons ne vont pas toujours être dégoûtants et ces garçons ne le sont pas. Du moins, pas celui que le roi Poppy veut que tu épouses. Il est beau et fort, mais a des yeux doux et des cheveux de la couleur de l'or.

Edge bomba le torse et Pat retint un rire au fait qu'Edge se soit donné le rôle du prince charmant dans sa propre histoire.

— Mais, avant que la princesse Emma puisse trouver son prince, un dragon descendit du nord et atterrit sur le château. Il était énorme et il étendit ses ailes rouges de tout leur long.

Edge mima les ailes du dragon et battit des bras de haut en bas dans un mouvement lent et fluide. « Je réclame le droit de tester quiconque souhaite marier la princesse ! » déclara le dragon d'une voix grondante qui fit trembler la terre et ébranla toutes les fenêtres alors que de l'air chaud soufflait sur tout le monde.

Pat s'adossa à son siège, tenant toujours la main d'Emma, et regarda sa fille ravie alors qu'elle était suspendue à chacun des mots et des gestes d'Edge.

— Qu'est-ce qui s'est passé ?

— Eh bien, le roi annonça que tous ceux qui souhaitaient épouser la princesse devaient se soumettre au test parce qu'il ne voulait pas voir son royaume réduit en cendres à cause d'un dragon. Les hommes firent la queue – des jeunes, des vieux, des très beaux et quelques moches aussi. Chacun approcha le dragon et il lui dit ce qu'il avait à faire. Le premier échoua, le dragon se pencha et – glops – le mangea, avalant l'homme tout entier, vêtements inclus, puis rota. Edge fit un bruyant bruit de rot.

— Beuuurk, dit Emma fronçant le nez.

— Oui. C'était affreux et tous les prétendants partirent quand ils virent ce qu'il se passait. Aucun d'eux ne voulait finir en casse-croûte pour dragon. Donc, après un moment, la princesse Emma commençait à s'inquiéter, pensant qu'elle ne pourrait jamais se marier, quand vint le prince Edge sur son cheval blanc. Le prince était beau, habillé de vêtements ornés d'or.

Edge se leva et bombant le torse tandis qu'il se tenait debout au pied du lit, ses mains sur les hanches. Pat gloussa, puis se souvint de tout ce qu'il y avait sous ces vêtements et à quoi ce même torse ressemblait sans chemise et uniquement recouvert par de la transpiration due à l'effort. Ce n'était pas les bonnes pensées à avoir pendant que sa fille était à l'hôpital, mais les images lui vinrent spontanément à l'esprit. Il reporta son attention vers Emma afin de repousser ces images.

— « Je n'ai pas peur du dragon, » dit Edge d'une voix bourrue. « Je vais résister à ce dragon ! » Il marcha d'un pas nonchalant vers l'endroit où se tenait le dragon, perché sur les portes des remparts du château. « Quel est ton test ? » demanda-t-il au dragon alors qu'il sortait son épée.

Edge mima ses paroles d'un air dramatique.

— « Tout ce que tu as à faire, c'est répondre à une question », siffla le dragon. « Combien d'écailles sont sur mon ventre ? » demanda le dragon, puis il se mit à rire parce qu'il y avait beaucoup d'écailles – et je veux dire, *beaucoup* d'écailles. « Cela importe peu, » répondit le prince en étudiant le dragon avant de s'avancer. « Tu dois répondre et avancer, parce que j'ai faim et je crois comprendre que les princes sont très savoureux. » Le dragon sourit, dénudant ses immenses dents.

Edge ouvrit la bouche et Emma gloussa. C'était fantastique de la voir heureuse et réactive. Plus Edge parlait, plus elle semblait redevenir elle-même. Pour cette seule raison, Pat ne voulait pas que l'histoire se termine.

— Mais, le prince était intelligent, continua Edge. Et il avait bien observé le dragon de près. Il arma son épée en arrière et la lança vers le dragon avec force, rapidité et assurance. Elle fila vers le haut et heurta la créature pile à l'endroit où il lui manquait quelques écailles. Le dragon poussa un rugissement et s'envola dans le ciel, volant de plus en plus haut jusqu'à ce qu'il retombe et atterrisse dans un lac en envoyant une grosse éclaboussure qui aspergea tout le royaume. Plouf ! Le prince passa les portes et se dirigea directement vers la princesse, qui avait tout vu. Il bomba le torse et écarta les bras. « Ma dame, j'ai gagné votre main, » dit-il galamment. La princesse s'avança et regarda le prince droit dans les yeux. « Si vous pensez que je vais vous épouser juste parce que vous avez tué le dragon, vous êtes fou. Je me marierai seulement par amour et, si vous me demandez gentiment, je pourrais aller à un rendez-vous avec vous. » La princesse savait apparemment ce qu'elle voulait et n'allait pas être impressionnée par un prince tueur de dragon dans de jolis vêtements.

— Qu'est-ce qui se passe ensuite ? demanda Emma tandis que Pat captait le regard d'Edge.

— Eh bien, le prince prit peur, parce que même si la princesse était magnifique, il n'était pas certain de pouvoir répondre à toutes ses attentes. Je veux dire que c'était une princesse sacrément intimidante. Donc, il se retourna et partit.

Emma grogna.

— Ça craint.

— Emma, gronda Pat.

— Mais… dit Pat en levant un doigt. Le prince savait qu'il ne pourrait jamais sortir la princesse de son cœur. Elle était fougueuse et forte, et c'était ce qu'il voulait chez une reine. Donc, quelques jours plus tard, il revint dans un carrosse doré tiré par des chevaux blancs et alla directement au palais. Il sortit et mit un genou à terre.

Edge s'agenouilla à côté du lit d'hôpital.

— Il attendit que la princesse Emma sorte, puis l'invita à dîner, puis à aller voir un film.

— Ils sont allés voir quel film ? demanda Emma.

— Quoi ? *Cendrillon*, bien sûr, répondit Edge comme si c'était la réponse la plus évidente qu'il soit au monde. Puis, après ça, ils retournèrent au palais et le prince emmena la princesse Emma danser. Et, ensuite, il lui demanda de l'épouser, elle accepta et ils vécurent heureux… jusqu'à ce qu'ils aient une fille et puis…

Edge leva les yeux au ciel et secoua la tête.

— Tu ne veux pas savoir.

Edge haussa les épaules et se rassit sur la chaise. Emma applaudit et Pat sourit à Edge, mimant un merci silencieux des lèvres.

— Pourquoi ne retournerais-tu pas au pays des rêves ? dit Pat d'une voix calme.

Emma se rallongea et ferma les yeux. Pat se leva et indiqua à Edge qu'il pouvait prendre la chaise pendant un moment. Pat devenait de plus en plus anxieux au fil des minutes, même s'il voyait que la température d'Emma descendait.

— Elle va mieux, dit Edge en s'asseyant.

— Je dois passer un coup de fil. Est-ce que tu peux rester avec elle ? Et si quelqu'un vient, dis-lui que je reviens rapidement.

Il sortit de la zone des urgences et son téléphone sonna avec plusieurs messages. Ils étaient tous de sa mère, qu'il rappela.

— Qu'est-ce qui s'est passé ?

— Emma a attrapé une mauvaise grippe. C'est une de ces vraiment mauvaises souches qui traînent. Elle est restée debout quasiment toute la nuit et a vomi son dîner. Elle n'était pas très réceptive et Edge nous a emmenés aux urgences.

Il entendit sa mère haleter.

— N'y vois rien là-dedans. Il a appelé ce matin et j'étais tellement paniqué… Il a été assez gentil pour venir directement à la maison et nous conduire ici.

51

— Est-ce que tu as besoin que je vienne ? demanda-t-elle.

— Non. Ils lui ont donné quelque chose qui semble aider et j'espère qu'elle sera capable de rentrer rapidement à la maison.

Pat n'allait pas se laisser être trop optimiste, du moins pas encore.

— Je dois y retourner, mais je voulais te donner les dernières nouvelles. Je te rappellerai quand j'en saurai un peu plus.

— Qui est avec Emma ? demanda sa mère.

— Edge est avec elle. On dirait que c'est son nouveau héros. Il lui a raconté une histoire et elle est probablement en train d'essayer de lui en soutirer une autre à propos de la princesse Emma, expliqua Pat en riant. Apparemment, je suis le roi et Edge est le prince le plus fringant au monde.

— Sois juste prudent, se moqua doucement sa mère.

— Je dois y aller, dit Pat quand il vit une infirmière essayant d'attirer son attention. Je t'appelle plus tard.

Il raccrocha et suivit l'infirmière jusqu'à la zone où était Emma.

— Que se passe-t-il ?

— Le docteur va venir dans quelques minutes, expliqua-t-elle quand il approcha.

Lorsque le docteur arriva, il dit à Pat :

— Elle s'en sort très bien, mais elle va être fatiguée pendant un moment. Ne la poussez pas et laissez-la se reposer autant que possible. Assurez-vous qu'elle s'hydrate bien. Je vous conseille aussi de prendre rendez-vous avec son pédiatre pour qu'il l'examine dans quelques jours. Cette grippe est mauvaise et fait des ravages chez les enfants. Nous avons pas mal d'enfants dont les parents ont attendu et qui sont maintenant à l'étage dans des chambres de l'hôpital. S'en occuper le plus tôt possible est vraiment la meilleure chose à faire. Je vais lui prescrire des antiviraux. Cela devrait aider, mais je dirais de lui donner une semaine avant qu'elle revienne à son état normal.

— Merci, dit Pat.

— Il n'y a pas de quoi. Vous allez devoir signer quelques papiers, puis vous pourrez la ramener chez vous.

Le docteur semblait fatigué, mais il réussit à sourire avant de partir rapidement. Pat retourna dans la chambre d'Emma. Edge était toujours près de son lit et les yeux d'Emma étaient fermés. Elle semblait calme et silencieuse.

— Elle dort toujours, dit Edge.

Pat se tint debout près du lit et essaya de ne pas passer trop de temps à regarder Edge. Il appréciait vraiment ce qu'Edge avait fait pour eux.

— Les documents devraient être bientôt prêts, déclara une infirmière après être entrée et s'être préparée pour retirer la perfusion.

Emma se réveilla quand l'infirmière retira l'aiguille et lui banda le bras. Voilà, ma chérie. Repose-toi bien et tu seras très vite à la maison.

L'infirmière lui tapota l'épaule et se tourna vers Pat.

— Elle va beaucoup mieux.

Elle sortit et, quelques minutes plus tard, une autre femme entra et expliqua ce qu'étaient les papiers à signer, ainsi que les médicaments prescrits. Après que Pat eut fini de tout signer et une fois qu'Emma eut remis ses vêtements, Pat l'emmitoufla et l'aida à descendre du lit.

— Je vais aller chercher la voiture, dit Edge en quittant la zone des urgences.

Pat marcha à côté d'elle tandis qu'Emma était conduite en fauteuil roulant jusqu'à l'entrée, où Pat dut signer encore plus de papiers, puis ils purent enfin partir. Edge s'arrêta sous le porte-à-faux et Pat aida Emma à monter sur la banquette arrière.

Edge les reconduisit à la maison dans un silence quasi complet.

— Merci de nous avoir aidés.

Pat n'était pas certain de quoi dire d'autre à ce moment-là.

— Tu devrais savoir que je t'aiderais de toutes les manières possibles.

Pat se tourna vers Edge.

— Comment le saurais-je ? demanda-t-il. Je veux dire, c'était très gentil à toi de m'aider ce soir, mais tu es parti pendant neuf ans.

Pas d'appel, d'e-mail, rien. Tu es presque un étranger pour moi, aujourd'hui, donc comment pourrais-je savoir ça ?

Pat était sur la défensive, mais à ce moment-là, c'était tout ce qu'il avait. Pat voyait clairement qu'il avait blessé Edge d'une certaine manière, mais ce qu'il avait dit n'était que de simples faits, ni plus ni moins.

— À cause de ce qu'on signifie l'un pour l'autre, dit Edge doucement.

— Et qu'est-ce que ça serait au juste ? demanda Pat. Nous étions ensemble et nous étions en train de construire une vie… je pensais… et puis les choses sont devenues trop sérieuses ou juste *trop* pour toi… je ne sais pas… et tu t'es cassé précipitamment. Tu ne m'as pas parlé ou quoi que ce soit. Tu as eu l'offre d'emploi et tu étais parti avant que j'aie réellement pu dire quoi que ce soit. Bam, c'était fini.

— Pat, je…

— Edge, je sais que tu pensais faire ce qu'il y avait de mieux pour toi et c'est très bien. Mais, ça ne signifie pas qu'après neuf ans tu es beaucoup plus qu'un étranger. Emma t'aime bien et, en soi, ça dit quelque chose… mais ne pense pas que nous allons reprendre les choses où on les a laissées et que tout va être parfait.

Ils arrivèrent à la maison de Pat peu de temps après. Il était ravi d'avoir une excuse pour sortir de la voiture et mettre un terme à la conversation. Edge se gara, Pat enroula Emma dans sa couette et sortit de la voiture avant de prendre sa fille dans ses bras, puis de la porter à l'intérieur. Il était vaguement conscient qu'Edge le suivait, mais il ne voulait pas lui dire sèchement de retourner chez lui devant Emma, donc il le laissa rentrer et l'emmena directement dans sa chambre.

— Est-ce que ton ventre va bien ? demanda Pat.

— J'ai soif, Poppy, dit Emma et Pat soupira.

— Est-ce que tu veux de l'eau ou du jus de fruits ?

— Du jus de raisin.

Emma se glissa sous ses couvertures et Pat s'assura qu'elle était bien installée. Il ferma les rideaux.

— Je reviens tout de suite. Ferme les yeux et essaie de dormir.

Il quitta la chambre et retraversa le salon pour aller dans la cuisine. Il mit un point d'honneur à ignorer Edge et remarqua à peine — du moins, c'est ce qu'il se dit — la manière dont les jambes d'Edge étaient longues et à quel point son jean était serré, ainsi qu'à quel point il semblait à l'aise et détendu sur son canapé. Il était censé être aussi tendu et nerveux que l'était Pat en ce moment.

Pat apporta son jus de fruits à Emma. Il l'aida à en boire un peu et plaça le verre près de son lit, mais assez loin pour qu'elle ne le renverse pas accidentellement. Emma se réinstalla pour dormir et Pat l'observa quelques minutes, puis ferma la porte, la laissant entrouverte, et quitta cette zone de la maison.

Il trouva Edge toujours dans le salon qui eut la grâce de se lever quand Pat entra.

— Comment va-t-elle ?

— Elle a bu un peu, ce qui est une amélioration, et elle s'est endormie.

Pat s'affala dans une des chaises, aussi mou qu'une poupée de chiffon.

— Je sais que cela fait partie du rôle de parent, mais ce genre de peur, je pourrai certainement m'en passer.

Edge se rapprocha et se tint debout en face de lui.

— Tu es un père génial.

Pat ne dit rien. Il avait une réplique acerbe sur le bout de la langue, mais il ne pouvait pas se résoudre à la dire à haute voix.

— J'aime le penser, fit-il avec un nouveau soupir. J'ai besoin de me reposer.

Il essayait de faire comprendre à Edge qu'il était temps qu'il parte, mais Edge n'avait jamais été très doué pour comprendre les sous-entendus de ce genre et, alors qu'il croisait les bras sur sa large poitrine, Pat réalisa qu'Edge refusait de comprendre le sous-entendu, ou alors qu'il s'en fichait.

— Qui prend soin de toi ? demanda Edge alors qu'il s'approchait encore un peu plus. Je sais que tu es toujours là pour Emma, mais qui prend soin de toi ?

Les yeux de Pat commencèrent à se fermer, mais il les rouvrit d'un coup.

— Je prends soin de moi. J'ai dû prendre soin d'Emma et moi pendant neuf ans et je m'en sors super bien.

Il laissa grandir la colère qui régnait en lui.

— Toi et moi avions planifié d'avoir un enfant, mais tu as pris peur et tu t'es enfui. Eh bien, à cause de ça, j'ai élevé Emma par moi-même. Je suis celui qui était là quand elle a dit son premier mot, « pa, » ce qui a fini par devenir Poppy. J'étais là quand elle a fait ses premiers pas et quand elle a ouvert pour la première fois ses grands yeux bleus à l'hôpital. Je me suis assuré que le premier visage qu'elle voie soit le mien. J'étais là quand elle est allée pour la première fois à la crèche et à l'école maternelle. Je suis celui pour qui elle faisait des dessins et c'est moi qui ai encore chacun d'entre eux.

Pat se leva et croisa les bras sur son torse. Il n'était peut-être pas aussi costaud qu'Edge, mais il était père et il savait se montrer intimidant s'il le devait.

— Je suis celui qui lui a appris à faire du vélo et je suis celui qui lui apprendra à conduire… quand elle aura au moins trente ans.

— Pat… dit Edge avec *cette* voix.

— N'ose même pas utiliser cette voix sur moi ! claqua-t-il en décroisant ses bras et pointant à un doigt vers Edge. Réfléchis une seconde. Si tu y penses, ne supposes-tu pas que j'avais aussi peur que toi quand nous avons parlé d'enfants ? Je l'étais, peut-être même plus. Et ne penses-tu pas que cette part de moi comptait sur ta force et ton aide ? Mais, quand j'en ai eu le plus besoin, tu es parti comme un pet dans le vent. Eh bien, j'ai repris du poil de la bête et, maintenant, j'ai la fille la plus merveilleuse au monde. Et tu as tout manqué.

Il lança un regard noir à Edge, dont la bouche s'ouvrait et se fermait comme une perche truitée sans faire un seul son.

— Tu as raté l'occasion de raconter des histoires comme tu l'as fait aujourd'hui, et tu as raté la première fois qu'elle aurait dit ton nom, et tu as manqué le jour, à l'hôpital, quand la personne la plus précieuse et la plus incroyable de toutes est venue au monde.

— Mais, Pat, je suis là, maintenant et…

Pat le coupa d'un geste sec de la main. Il était lancé et il n'allait pas laisser la carapace qu'il s'était forgée contre Edge se fissurer encore plus.

— C'est trop peu, trop tard. Un voyage à l'hôpital et une histoire ne suffisent pas pour contrebalancer le fait de t'être enfui comme un écureuil terrifié qui court après sa queue. Tu avais l'occasion de lui raconter une histoire tous les soirs et de faire partie de sa vie. Tu aurais pu la tenir quand elle était assez petite pour reposer dans tes mains, et tu aurais pu la nourrir, et l'avoir te regarder avec les yeux les plus doux et merveilleux que tu aies jamais vus. Tu aurais pu entendre son rire et l'avoir te presser ses dessins dans les mains avec un sourire aussi brillant que le soleil. Mais, tu as laissé la peur prendre le dessus et cela t'as coûté tout ça, et tellement plus.

Pat n'essaya pas de penser à tout ce qu'il avait perdu et à la façon dont son cœur s'était brisé en mille morceaux quand Edge était parti, parce que s'il le faisait, il perdrait encore plus son sang-froid, et il était hors de question qu'il laisse cela se produire.

Il fallut quelques secondes à Pat pour réaliser que tout ce qu'il venait de dire était les choses qu'il avait gardées en lui et avait voulu dire à Edge pendant neuf ans. Tout était sorti. Dans l'absolu, il lui avait tout dit, absolument tout, et si Edge assemblait les pièces du puzzle, il était probable que Pat n'allait pas seulement avoir beaucoup de choses à expliquer, mais pourrais aussi devoir faire face à la pire bataille de sa vie.

— As-tu fini ? demanda Edge, les bras toujours croisés sur son torse, l'air toutefois moins intimidant et plus sur la défensive. Tu retenais ça depuis longtemps, n'est-ce pas ?

Pat voulait frapper Edge sur le crâne.

— Je me décharge sur toi comme ça et c'est tout ce que tu trouves à dire ? Est-ce que rien de tout ça ne t'a atteint ?

Sa voix monta d'un ton et il se tut parce qu'il ne voulait pas réveiller Emma.

— Je pense que j'ai compris, un bon moment après être parti, que tu étais probablement aussi effrayé que moi, mais tu ne l'as jamais montré. J'ai fui parce que les choses devenaient trop sérieuses et je n'étais pas certain d'être prêt pour ce qui allait arriver. Oui, nous parlions d'avoir un enfant, mais soudain, il y avait des rendez-vous et nous devions choisir une mère pour l'enfant… et puis… eh bien… tout le reste. Oui, j'avais peur et j'ai flippé. Mais, je n'ai pas pensé que je pourrais te parler. Et pour info, je sais tout ce que j'ai raté. J'ai vu tout ça aujourd'hui quand tu tenais sa main et qu'elle s'est tournée vers toi avec la confiance absolue que tu saurais quoi faire et arrangerais les choses. J'ai raté la chance d'avoir une petite partie de toi et moi dans ce monde et tout ce qui va avec.

Pat se détendit.

— Très bien. Juste pour que ce soit clair entre nous. Je pense que c'est l'heure que tu partes, maintenant, pour que je puisse vérifier comment va Emma, puis essayer de prendre un peu de repos moi-même.

Il commença à faire une liste mentale de ce qu'il devait faire, incluant d'aller chercher la prescription d'Emma, ainsi que d'aller faire des courses pour avoir assez de tout ce dont Emma aurait besoin.

Edge recula, puis marcha jusqu'à la porte d'entrée. Pat le suivit et, alors qu'ils approchaient, il passa devant et tendit la main pour attraper la poignée de la porte. Edge lui tapota l'épaule. Pat se retourna et Edge l'attira dans ses bras. Instantanément, Pat fut transporté dans le passé. Son étreinte était aussi forte et puissante qu'il se la rappelait. Edge avait toujours su ce dont il avait besoin et, quand il pressa Pat contre la porte, le bois ferme et solide contre son dos, il se pencha dans l'étreinte.

— J'ai attendu neuf ans pour pouvoir refaire ça. J'ai fait trop de choses que je regrette te concernant et je ne vais certainement pas continuer à regretter les choses plus longtemps.

Edge regardait Pat droit dans les yeux, envoyant des vagues de chaleur dans tout son corps comme une véritable fournaise, une fournaise que Pat savait devoir réprimer coûte que coûte, mais au lieu de ça, il la laissa grandir.

— Ce n'est pas une bonne idée, déclara Pat, sa tête cognant légèrement contre la porte.

Mais, il ne pouvait plus reculer et Edge continuait de se rapprocher, réduisant la distance qui les séparait. Est-ce qu'il voulait être embrassé ? Oui, absolument ! Mais, par l'homme qui l'avait laissé tomber ? Avant que Pat puisse répondre à ses propres pensées, les lèvres d'Edge étaient sur les siennes, brûlantes, prenant ce qu'il désirait. La force et le désir pur derrière le baiser suffisaient pour faire oublier à Pat tout ce qu'il s'était passé entre eux. Il enroula ses bras autour du cou d'Edge, répondant au baiser comme un homme affamé qui n'avait pas mangé depuis... eh bien, des années. Cela faisait des années qu'il n'avait pas été embrassé avec passion, des années que le baiser de quelqu'un ne l'avait pas rendu complètement fou et n'avait pas changé ses jambes en coton prêt à le lâcher à tout instant.

Edge prit ses joues en coupe, l'éloignant légèrement de la porte, puis Pat fut de nouveau englouti dans des bras forts et puissants qui laissaient entendre que tout allait bien se passer. Les baisers d'Edge ainsi que les étreintes avaient toujours dit ça. C'était la réalité qui laissait quelque chose à désirer.

Pat recula, rompant le baiser, la respiration difficile, essayant d'écarter le désir qui embrumait ses pensées, généré par le seul homme qu'il avait réellement aimé et aux neuf années passées à se soulager avec sa propre main.

— Tu dois t'en aller.

Pat espérait que sa voix sonnait ferme et confiante. S'il flanchait ne serait-ce qu'une seule seconde, il était plus que probable qu'il tirerait Edge jusqu'à son canapé, le déshabillerait et renouerait avec la sensation et le goût de chaque centimètre de sa peau.

— Es-tu certain que c'est ce que tu veux ?

Pat acquiesça, utilisant l'image mentale d'Emma à l'étage, malade et endormie, pour s'empêcher de changer d'avis. Il avait des responsabilités qui étaient plus importantes que de batifoler avec Edge. Emma était tout ce qui importait.

— Tes paroles disent non, mais je connais la chaleur qui brûle dans tes yeux. J'avais l'habitude de l'y mettre tout le temps et je le peux encore. Tu le sais.

— Ma vie est plus que de la chaleur et du sexe, à présent.

Bon Dieu, c'était une certitude absolue. Sa vie était une petite fille qui était tout son monde et il avait besoin de se souvenir d'elle.

— Tout comme la mienne.

Edge tendit la main et caressa la joue de Pat, incapable de résister à l'idée de se pencher pour appuyer son geste. Il avait besoin de ça. Pat savait qu'il ne devrait pas, mais il le fit quand même.

— Je sais qui est important dans ta vie et je peux l'accepter. Mais, tu as besoin de quelqu'un pour t'aider à prendre soin de toi.

Ses mots étaient si doux que Pat voulait y croire… presque.

— Tu dois partir Edge.

Il se tourna et ouvrit la porte. Edge ne détourna pas les yeux, son regard aussi intense que d'habitude.

— Je pensais ce que je t'ai dit.

— Je sais.

Grand Dieu, il le savait, ainsi que chaque centimètre de son corps, qui criait à Edge de le faire se sentir comme il en avait l'habitude. Pat ouvrit un peu plus grand la porte et Edge marcha lentement à l'extérieur. Pat ferma la porte derrière lui, puis s'appuya contre celle-ci, fermant les yeux pendant que son imagination courait dans différentes directions érotiques. Puis, il se vida la tête, repoussant les pensées d'Edge et ce qu'il voulait. Sa fille avait besoin de lui et c'était important. Pourtant, il trébucha presque quand il essaya de faire le premier pas pour s'éloigner de la porte.

Chapitre Quatre

LE lendemain, sa mère se précipita à l'intérieur de la maison, s'arrêtant à peine pour fermer son parapluie avant de parler à toute allure. Elle était une version plus vieille de lui avec des cheveux parfaits presque blancs.

— Comment se sent Emma ? Tu n'as pas appelé, donc j'ai décidé de venir voir si elle allait bien. Emma ne tombe jamais malade et j'étais vraiment inquiète.

Pat grogna dans sa barbe.

— Elle dort pour l'instant. Sa fièvre est tombée et elle semble se sentir mieux. Je lui ai donné quelques toasts ce matin, avec un peu de jus de raisin, et jusqu'à présent ça va. Elle mange, puis se rendort. Je prends ça comme un bon signe.

Il était inutile de dire à sa mère qu'il n'avait pas besoin qu'elle se précipite ici. Pat réalisa qu'il était impossible de la tenir à distance et il ne le voulait pas, de toute façon. C'était sympa de la voir si inquiète.

— J'ai fait un peu de bouillon de poule, dit-elle.

Pat la fixa en soulevant un de ses sourcils.

— Bon, d'accord, c'est Mme Geldhoff qui l'a fait parce que tu sais que je suis incapable de cuisiner quoi que ce soit.

Elle poussa le récipient fermé dans les mains de Pat.

— Remercie Dieu et Mme Geldhoff pour moi. Elle a toujours été la meilleure cuisinière.

C'était Mme Geldhoff qui semblait continuellement ouvrir sa maison à Pat quand sa mère partait dans un de ses délires d'indépendance et que Pat devait se débrouiller tout seul. Mme G. était comme une seconde mère pour lui et Pat nota mentalement de ne pas oublier de l'appeler.

— Poppy, appela Emma tandis qu'elle descendait lentement les escaliers, et les yeux de sa mère s'illuminèrent. Mamy, ajouta-t-elle avec un sourire.

— Ma puce, tu dois te reposer et rester au chaud.

Pat se hâta de la rejoindre, lui prit la main et la conduisit jusqu'au canapé.

— Allons t'installer et mamy va s'asseoir avec toi pendant un moment.

Pat n'aurait jamais été si reconnaissant sa mère vienne se mêler de ses affaires.

— Je vais te chercher une couverture pour que tu restes au chaud.

Il se précipita dans la chambre d'Emma et revint avec sa couette, puis l'étendit sur elle tandis qu'Emma racontait à sa grand-mère tout ce qu'il s'était passé à l'hôpital et comment ils lui avaient mis une aiguille et qu'elle n'avait même pas pleuré.

— Poppy était complètement paumé et M. Edge était là aussi. Poppy et lui ont parlé de choses quand ils croyaient que j'étais endormie et j'ai entendu. Je pense que M. Edge veut redevenir le petit-copain de Poppy.

Elle sourit, et Pat grogna et se détourna.

— Est-ce que tu voudrais que M. Edge soit le petit-copain de Poppy ? demanda sa mère.

— Il est gentil et il raconte de jolies histoires, répondit Emma.

Puis, elle se mit à raconter à nouveau l'histoire qu'Edge lui avait concoctée avec le roi Poppy, le prince Edge et la princesse Emma. Il était évident qu'elle aimait vraiment la partie « princesse Emma ».

— Un petit-ami doit faire plus que raconter de bonnes histoires, dit Pat en quittant la pièce pour mettre le bouillon au frigidaire.

— Comme quoi, Poppy ? demanda Emma plutôt bruyamment.

Pat termina ce qu'il faisait et retourna dans le salon, où à la fois sa fille et sa mère lui lançaient un regard noir.

— Oui, comme quoi, Poppy ? répéta sa mère.

Pat grogna. Il détestait quand elles se liguaient contre lui.

— Un bon petit-ami devrait être quelqu'un sur qui tu peux compter, en toutes circonstances. Il devrait pouvoir prendre soin de toi et t'aimer, et il devrait toujours être là quand tu as besoin de lui.

Emma se rapprocha de la mère de Pat.

— Callie dit que les petits-copains et petites-copines dorment ensemble dans le même lit et ont des relations sexuelles.

Elle se tourna vers lui.

— C'est quoi les relations sexuelles, Poppy ?

— C'est quelque chose pour quand tu seras plus grande et que tu auras décidé que Poppy n'a pas assez de cheveux blancs.

Sa mère leur fit à tous les deux un sourire rapide et il était à la fois reconnaissant et agacé.

— D'accord. Mais, est-ce que tu veux avoir des relations sexuelles avec M. Edge ? demanda Emma. Quoi que ça soit.

— Et si tu demandais à mamy d'allumer la télévision, tu pourrais regarder des dessins animés ou autre chose.

N'importe quoi ferait l'affaire pour la distraire et lui faire oublier cette histoire de sexe et d'Edge. Il n'était absolument pas prêt à avoir cette conversation avec sa fille, et ne comptait pas l'avoir avant encore vingt ans. Peut-être plus s'il pouvait trouver un moyen.

— Oui, s'exclama Emma en s'installant confortablement sous sa couette.

Sa mère détestait la télévision et ne la regardait jamais, mais elle l'alluma, trouva une chaîne qu'Emma aimait et se mit à regarder avec elle.

— Ne t'inquiète pas, maman, lui murmura Pat alors qu'il se penchait contre le dossier du canapé. Elle s'endormira probablement dans une petite demi-heure.

Pat avait l'impression qu'il allait s'endormir. Les deux derniers jours avaient été assez intenses ; il avait partagé son temps entre travailler et vérifier régulièrement qu'Emma allait bien quand elle était au lit.

Pat profita du fait que sa mère surveillait Emma pour avancer dans son travail qui en avait grandement besoin, mais après une heure dans son bureau, il commença à piquer du nez et abandonna. Il éteignit son ordinateur et retourna dans le salon. Sa mère avait les yeux fermés et dormait avec la bouche à moitié ouverte. Emma était allongée sur le côté, à regarder la télé. Pat s'assit dans l'un des fauteuils.

— Je vois que tu as épuisé mamy, commenta Pat à Emma qui semblait s'endormir aussi.

Toute la maison pouvait aller dormir pendant quelques heures en ce qu'il le concernait. Bien sûr, simplement parce qu'il souhaitait que cela soit vrai, il était improbable que cela se produise. Au moment où Emma s'endormit et où Pat pensa qu'elle allait rejoindre sa grand-mère au pays des rêves, la sonnette de l'entrée retentit. Pat se leva de son fauteuil pour répondre à la porte en marmonnant.

Il grogna quand il vit par la fenêtre qu'Edge était sur le pas de la porte. Pat ouvrit la porte, puis la contre-porte et jeta un œil à l'extérieur.

— Qu'est-ce que tu fais ici ?

Pat avait vraiment cru qu'après lui avoir dit de partir, malgré le baiser et tout, Edge aurait compris le message et resterait loin de lui.

— J'ai fait un peu de soupe et j'ai apporté des pâtes pour que tu n'aies pas à cuisiner pendant qu'Emma est encore malade.

Edge souleva les plats et Pat recula pour qu'il puisse entrer.

— C'était vraiment prévenant de ta part, mais elle et moi allons très bien.

Il prit ce qu'Edge lui offrait et se demanda à quelle vitesse il pouvait le faire partir sans être complètement grossier.

— Salut, Evelyn, murmura Edge quand il vit la mère de Pat.

La sonnette devait l'avoir réveillée. Heureusement, Emma était maintenant endormie et Pat espérait qu'elle le resterait.

— Edgerton, ça fait plaisir de te voir, murmura-t-elle en retour.

Pat conduisit Edge dans la cuisine et rangea la nourriture.

— J'apprécie que tu sois venu, vraiment, mais tu dois savoir que…

— Je connais ce ton, le coupa Edge. Ne fais pas ta tête de mule et essaie de me donner une chance.

— Pour que tu partes une nouvelle fois ? insista Pat. Écoute, tu n'as pas de bons antécédents et ce n'est plus seulement moi, maintenant. Si Emma commence à t'apprécier et que tu t'enfuis, ça va la blesser, et je ne veux pas que ça arrive.

Pat lança un regard noir à Edge.

— Et si les choses redeviennent trop compliquées ou que tu as de nouveau peur ? Qu'est-ce que je ferai ?

Il soutint le regard d'Edge et attendit une réponse qui, il le savait, ne viendrait pas.

— Très bien.

Edge se rapprocha lentement, la chaleur de son corps rejoignant la chaleur dans ses yeux, s'enveloppant autour de Pat d'une manière qu'il voulait et souhaitait repousser en même temps.

— Si c'est ce que tu veux vraiment…

Il continua de s'avancer, puis attrapa les épaules de Pat et l'attira à lui. Il pressa ses lèvres contre celles de Pat et, tout comme la dernière fois, Pat sentit sa carapace se fissurer. Edge l'attira dans ses bras, le poussant jusqu'à ce que les fesses de Pat rencontrent le bord du comptoir. Cela lui avait manqué d'être aussi proche d'Edge. Pour être honnête, les neuf dernières années avaient été douloureusement solitaires. Edge offrait quelque chose que Pat avait besoin et voulait, mais le prix continuait de trotter dans la tête de Pat. Mais, lorsqu'Edge l'embrassa, ce débat s'effondra dans un gémissement.

— Tu vois. Tes yeux et ton corps me disent ce que tu veux.

Edge l'embrassa une nouvelle fois avant que Pat puisse protester.

Le bruit d'un raclement de gorge se fit entendre derrière eux.

— Excusez-moi.

Pat repoussa Edge, respirant lourdement et essayant de le cacher.

— Je ne veux pas vous interrompre tous les deux, mais Emma demande un peu plus de jus de fruits.

Elle paraissait contente et Pat voulait s'enfuir de la pièce en courant, mais il prit le jus et remplit le verre d'Emma. Sa mère quitta la cuisine après avoir dit :

— Vous deux, retournez à ce que vous faisiez.

— Qu'est-ce que tu as fait à ma mère ? demanda Pat à Edge. Elle n'a pas arrêté d'insister pour que je te parle depuis que tu es revenu en ville.

— Je pense qu'Evelyn se fait un peu trop d'idées. Je l'ai croisée il y a quelques semaines et je lui ai demandé comment tu allais. Je voulais tâter le terrain et elle a dit que tu n'étais sorti avec personne depuis que j'étais parti, et que tu avais eu une fille. Et aussi qu'elle espérait que tu trouves quelqu'un. Je pense qu'elle veut que ce quelqu'un soit moi. Mais, je savais que tu n'étais pas convaincu et que tu penserais que je n'avais pas changé.

Pat soupira doucement.

— Qu'est-ce que tu attends de moi ?

Bon sang, il était hors de question qu'il revive la même situation que neuf ans plus tôt.

— Donne-moi juste une chance, d'accord ? J'aimerais te voir, peut-être t'emmener dîner ou autre chose quand Emma se sentira mieux. C'était quand la dernière fois que tu as eu un rencard et passé un peu de temps seul, juste avec des adultes ?

— C'est le problème, Edge. Tu continues de me demander du temps loin d'Emma, mais elle compte plus que tout.

Pat regarda Edge attentivement. C'était en quelque sorte un test pour voir comment il réagirait.

Edge ne réfléchit pas une seule seconde.

— Très bien. Que dis-tu que je vous emmène tous les deux dîner ? C'est une gosse géniale. Nous pourrions manger quelque chose et peut-être aller voir un film. Je te laisserai choisir quelque chose qui serait approprié pour elle et amusant pour nous.

Edge pencha légèrement la tête en avant, défiant Pat d'exprimer son désaccord.

— Je vais y réfléchir, répondit Pat.

Une partie de lui n'avait aucune intention de le faire, mais…

— M. Edge, appela Emma depuis l'autre pièce.

Edge ne bougea pas pendant quelques secondes, mais finit par quitter la pièce.

— Que puis-je vous procurer, ma dame ? demanda Edge avec grandiloquence.

— Est-ce que tu pourrais me raconter une autre histoire de la princesse Emma ? Je les aime bien.

La voix joyeuse d'Emma porta depuis le salon et Pat sut qu'il était battu. Il entendit Edge commencer une histoire et s'appuya contre le comptoir pour réfléchir à ce qu'il allait bien pouvoir faire. Tout cela se produisait bien trop rapidement et il n'avait aucun contrôle dessus.

— Il sait de toute évidence s'y prendre avec elle, dit sa mère quand elle apporta le verre vide dans la cuisine. Voir ces deux-là ensemble…

Sa mère mit le verre dans l'évier, puis se retourna.

— Emma ressemble beaucoup à Edge, elle pourrait même passer pour sa fille. Elle a quelques-uns de tes traits aussi, bien sûr, mais je jurerai qu'elle lui ressemble, parfois.

Un frisson d'effroi parcourut la colonne vertébrale de Pat.

— C'est possible, mais ce serait une drôle de coïncidence.

Pat se détourna et essaya de trouver quelque chose à faire. Que quelqu'un puisse voir Edge et Emma ensemble sans établir leur lien de parenté était un mystère pour lui. Il supposait que les gens voyaient ce qu'ils voulaient et s'attendaient à voir. Emma était sa fille, donc ils remarquaient les caractéristiques qu'ils avaient en commun. Mais, le vrai problème était que depuis qu'Edge était parti et chaque jour après ça, et que Pat avait décidé qu'il allait élever l'enfant qui venait d'être conçu seul, il avait décrété que personne n'aurait jamais besoin de savoir qu'Emma n'était pas sa fille biologique. Bien sûr, il n'avait jamais demandé un test ADN et personne d'autre n'en avait fait la demande non plus. Pourquoi l'auraient-ils fait ? La mère porteuse avait été payée et elle avait mis le bébé au monde comme promis. Le vrai père biologique qui avait donné le sperme qui s'était combiné à l'ovule n'avait pas non plus été un problème pour elle. Pat devait changer de sujet de conversation.

— Maman, est-ce que tu as faim ? Je peux réchauffer un peu du bouillon que tu as apporté ou préparer autre chose.

Sa cuisine se transformait en buffet.

— Non, ça va, mon chéri. Va voir si Emma veut quelque chose. Je vais bientôt rentrer à la maison. J'étais juste venu voir si mes deux bébés allaient bien.

Elle tapota gentiment la joue de Pat.

— Maman, que se passe-t-il ? Tu n'es pas comme d'habitude, dit Pat.

Sa mère n'était pas aussi câline habituellement et qu'elle le soit maintenant lui faisait un peu peur. La dernière fois que tu t'es comportée comme ça…

Pat s'arrêta et retint un cri.

— Je pense que tu dois me dire la vérité.

Il s'écarta un peu d'elle, mais ne la quitta pas des yeux.

— Ce n'est rien. Mais, je sais que je ne serai pas toujours là.

Son expression s'assombrit, comme un épais nuage qui cacherait le soleil un jour de beau temps.

— Quand tu parles comme ça, je sais que ce n'est pas rien. Tu caches quelque chose, fit Pat en lui lançant un regard noir. Tu as toujours pensé que tu étais douée pour garder des secrets, comme quand j'avais douze ans et que tu pensais que tu étais à nouveau enceinte.

Pat haussa un sourcil alors que ses lèvres ne formaient plus qu'une ligne mince.

— Tu ne pensais pas que je le savais, n'est-ce pas ? Tu n'étais jamais câline, mais tu as commencé à rester plus souvent à la maison. Donc, j'ai fouillé un peu et j'ai trouvé un de ces tests de grossesse…

— J'ai été enceinte pendant un mois, puis j'ai perdu le bébé. Je ne te l'ai jamais dit parce que je ne voulais pas que tu espères avoir un frère ou une sœur.

Elle s'essuya le coin des yeux avec les doigts et Pat attrapa un mouchoir dans la boîte à l'arrière du comptoir.

— Je ne te juge pas ni ne t'accuse de quoi que ce soit. Je suppose que cela a été dur pour toi. Mais, je sais que quand tu deviens comme ça, quelque chose ne va pas.

Le cœur de Pat s'accéléra et il tira le col de son tee-shirt, ayant soudainement trop chaud. Elle cachait définitivement quelque chose et son imagination courait à cent à l'heure.

— Donc, dis-moi simplement ce qu'il y a.

— Très bien.

Elle déglutit.

— J'ai un cancer du sein, et ça se présente plutôt mal. J'ai trouvé une grosseur pendant l'un de mes propres examens, mais quand je suis allée chez le médecin, ils m'ont fait une mammographie et ont trouvé beaucoup de tumeurs cancéreuses. Donc, ils vont m'opérer la semaine prochaine. Ils font ça rapidement pour essayer d'éliminer le cancer, mais je ne sais pas.

Sa voix resta stable.

— Quand allais-tu m'en parler ? demanda Pat à peine capable de respirer.

Même si sa mère et lui avaient un passé chaotique, Pat avait besoin de se tenir au comptoir pour tenir debout.

— Je ne sais pas. J'ai peur, Pat. Je pensais que tant que je n'en parlais à personne, ce n'était pas réel. Que je pourrais espérer que ce soit un cauchemar duquel je me réveillerai.

— Oh maman, dit Pat en l'attirant contre lui, la serrant fort dans ses bras.

Que pouvait-il bien dire d'autre ?

— J'aimerais pouvoir faire quelque chose pour le faire partir.

Il le pensait vraiment.

— Je sais, mon chéri, dit-elle doucement. Tu as toujours essayé de faire ça. Même quand tu étais enfant, tu essayais de prendre soin de moi et ce n'était pas juste. Je le sais maintenant. Je pensais que j'étais un esprit libre et que je te donnais la liberté pour comprendre ce que deviendrait ta vie, mais tout ce que j'ai vraiment fait, c'est renoncer à mes responsabilités de mère. Et, maintenant, je…

— Maman. Arrête de te battre pour des choses qu'aucun de nous ne peut changer. Tu m'as élevé de la manière dont tu l'as fait et c'est tout ce qu'il y a à en dire. Je ne peux pas remonter le temps et toi non plus, donc arrête de ressasser ça. Tu as fait quelques erreurs, et alors ? Qui n'en a jamais fait ?

Pat regarda vers le salon tandis que la voix d'Edge s'élevait alors qu'il vocalisait le dragon de son histoire.

— Mon cœur, je pense que je t'ai fait grandir bien trop tôt. Tu avais vingt-quatre ans et tu parlais déjà d'avoir des enfants, et je pense que c'est parce que tu voulais le genre de famille que je ne t'ai jamais donné.

Pat ouvrit la bouche pour protester, mais elle secoua la tête.

— La raison importe peu, vraiment, donc si je me trompe, garde-le pour toi. Le truc, c'est qu'Edge avait le même âge, mais il a été élevé d'une manière très différente de la tienne. Donc, il ne ressentait pas le besoin comme tu le ressentais et ça l'a effrayé. Est-ce que tu peux comprendre ça ?

— Peut-être, mais il m'a quitté, et je devrais simplement le lui pardonner ?

— Pardonner oui, peut-être pas oublier complètement. Mais, il n'est plus le même homme qu'à l'époque. Il a connu les épreuves de la vie et la déception. Je pense que la plupart des hommes ont besoin de passer par là avant de savoir ce qu'ils veulent vraiment.

Elle se tourna et sourit aux gloussements d'Emma.

— Quel que soit le résultat ou la raison, parce qu'Edge était dans ta vie, tu as Emma. Et, même s'il n'est pas resté, tu as toujours Emma. C'est lui qui a tout manqué… pas toi.

— Maman… Et s'il me quitte encore et que, cette fois, il blesse aussi Emma ?

Bon Dieu, il ne voulait pas penser à ce qu'il se passerait si Edge découvrait qu'il était le père biologique d'Emma. Et s'il décidait de la lui prendre ? Qui aurait pensé qu'une rapide décision qu'il avait prise afin d'essayer de rendre Edge heureux il y a des années pourrait revenir le frapper au visage si durement et potentiellement lui briser le cœur ?

— Elle l'aime déjà.

Il ne voulait pas attirer l'attention sur Emma et Edge en même temps au cas où sa mère ferait le lien plus fortement, mais il n'avait pas vraiment le choix.

— Je ne veux pas qu'elle soit blessée.

— Les gens vont aller et venir dans la vie d'Emma au fil du temps, comme ils le font dans les nôtres. J'avais des amis et des petits copains qui sont venus dans nos vies et l'ont quittée, et tu as survécu. Les enfants sont résistants et tu ne peux pas l'utiliser comme une excuse pour ne plus jamais avoir de relation. Le fait qu'Emma aime Edge devrait être vu comme quelque chose de positif. Elle l'aime, et Emma est plutôt douée pour cerner la personnalité des gens. Tu le sais.

Sa mère sourit brièvement.

— Elle détestait que je voie Charles, il y a quelques années. Tu te souviens de lui ?

— Comment pourrais-je l'oublier ?

Charlie aimait l'action par-devant aussi bien que par-derrière. Quand sa mère avait découvert où il trouvait les hommes qui entretenaient ses autres penchants, elle s'était dépêchée de le larguer et Pat l'avait emmenée passer des tests.

— Emma le détestait dès le début. Elle courait toujours se cacher quand il apparaissait et refusait de lui dire plus de trois mots. Cela aurait dû être mon premier indice de la nature de ce bâtard.

Elle se tut tandis que plus de gloussements dérivaient dans la cuisine depuis le salon.

— Écoute ça. Ta fille est heureuse avec lui. Cela en dit beaucoup.

— Poppy, appela Emma.

Pat étreint sa mère une fois de plus.

— Je vais y réfléchir, murmura-t-il.

— Tu faisais plus qu'y réfléchir quand je suis arrivée, murmura-t-elle en retour, le serrant plus fortement.

— Je me suis laissé emporter quelques secondes et je ne suis pas certain de vouloir que ça se reproduise.

Il recula tandis que sa mère lui tapotait l'épaule.

— Écoute. J'ai vu l'expression sur ton visage. Et cela n'arrive pas tant de fois dans une vie. C'est dur de devenir un adulte et un parent. Et je vais t'apprendre quelque chose, Pat : tu mérites d'être heureux et de vivre pleinement ta vie sans devenir moine.

— Poppy, appela une nouvelle fois Emma, et il lui répondit alors qu'il arrivait dans une minute.

— Comme je le disais, je vais y réfléchir, dit Pat à sa mère avant de lui faire un sourire, puis d'aller voir ce qu'Emma voulait, sa mère le suivant.

Emma voulait lui raconter l'histoire que M. Edge venait de lui conter, et ils la commentèrent avec tant de détails qu'Edge finit par quasiment la raconter une nouvelle fois. Puis, il conta à nouveau la première histoire, celle de l'hôpital, avant que les yeux d'Emma commencent à se fermer. Elle s'allongea et se pelotonna sous les couvertures.

— Je devrais y aller, dit sa mère.

Pat se leva et se dirigea vers elle.

— Est-ce que je peux faire quoi que ce soit pour t'aider ?

— J'ai besoin qu'on me conduise à l'hôpital mardi prochain et je récupérerai une autorisation pour qu'Emma puisse venir me voir. Une fois que je me sentirai un peu mieux.

— D'accord. Je t'appelle demain. Promets-moi que tu me tiendras au courant.

Pat la serra dans ses bras encore une fois, puis elle quitta la maison. Pat alla jusqu'à la porte d'entrée et observa au travers de la contre-porte tandis qu'elle montait dans sa voiture et s'éloignait.

— Qu'est-ce qu'il y a ? demanda Edge en arrivant derrière lui.

— Elle est malade, répondit automatiquement Pat. Cancer.

Le mot se bloqua dans sa gorge et il se demanda si le dire à voix haute allait lui porter malheur. Elle a dit que ça se présentait mal.

Pat enroula ses bras autour de lui-même pour contrer un frisson.

— Je devrais m'habituer à ce que les gens me quittent d'une manière ou d'une autre.

Il n'avait même pas pensé à Edge en faisant ce commentaire, mais la vive inspiration derrière rappela à Pat ce qu'il avait dit à voix haute.

— Est-ce que c'est ce que tu penses ? Que tout le monde te quitte, tout simplement ?

— Mon père n'est pas resté. En grandissant, chaque fois que je me faisais des amis, soit ils déménageaient soit nous déménagions. J'ai vu les gens défiler dans ma vie et quand je pensais avoir trouvé quelqu'un avec qui fonder une famille, il est aussi parti. Maman a toujours été là, mais j'aurais dû m'attendre à ce qu'elle parte aussi un jour.

Il continuait de repenser à Emma et à quel point elle avait été malade il y a à peine quelques jours. Qu'est-ce qu'Emma et lui feraient si quelque chose arrivait à sa mère ?

— Pat, j'étais jeune et stupide. Mais, je ne suis plus jeune, et j'aime penser que j'ai appris quelques petites choses sur la vie et que j'ai grandi ces dernières années.

Il glissa ses bras autour de la taille de Pat ; ce dernier n'avait pas la force de le combattre. En fait, cela faisait du bien de se sentir tenu encore une fois. Pat regarda en direction d'Emma, profondément endormie sur le canapé, et soupira. C'était ce qu'il avait toujours rêvé d'avoir. Sa fille, et quelqu'un de spécial pour le tenir et l'aider à prendre soin d'eux deux. Bien sûr, c'était seulement une illusion. Edge ne faisait pas partie de sa vie de façon permanente et, même s'il était étreint, ce n'était que temporaire, peu importe à quel point ferme et puissante l'étreinte d'Edge pouvait être.

— Laisse-moi t'inviter comme je te l'ai demandé.

— D'accord, accepta Pat et il ferma les yeux, laissant l'illusion continuer pendant quelques secondes de plus.

Cela ne dura pas et quand il entendit Emma bouger et tousser, il se décolla légèrement d'Edge.

— Que dis-tu de ce week-end ? proposa Pat. Si tu es libre samedi et qu'Emma se sent assez bien, nous pourrions faire quelque chose avec Emma dans la journée, et sortir dîner ensuite. Je pense que ma mère pourrait garder Emma pour la nuit.

Pat ne pouvait penser à rien de mieux que de laisser sa mère la garder pendant la nuit. Peut-être que cela l'aidera à traverser l'épreuve qui arrivait.

— Si ma mère est d'accord, nous pourrions peut-être passer la nuit ensemble… seuls.

— Poppy, geignit Emma.

— Je dois aller la voir. Mais…

Les bras d'Edge se détendirent.

— Ne t'inquiète pas. Je t'appellerai et je nous organiserai quelque chose. Toi, prends soin de la petite princesse et assure-toi qu'elle se rétablisse. Mais, si tu as besoin de quoi que ce soit, appelle-moi. Tu as mon numéro.

Pat frissonna dans les bras d'Edge et, quand il se détourna, la chaleur qu'il vit dans ses yeux le choqua. Il avait l'habitude de voir ce même regard à l'époque. Il avait oublié ce que cela faisait d'être l'objet d'une telle adoration et il ne l'avait jamais revu dans les yeux de quiconque depuis.

— Je dois y aller, murmura Pat.

Edge l'embrassa une fois de plus, puis le relâcha avant de quitter la maison, et Pat se précipita vers Emma pour voir ce dont elle avait besoin.

— **EMMA**, s'il te plaît, mets tes chaussures et prépare-toi à partir.

C'était samedi et Pat était dans la chambre d'Emma, vérifiant qu'elle avait empaqueté tout ce dont elle aurait besoin pour sa nuit chez sa mère. Les deux femmes les plus importantes de sa vie étaient ravies de passer la nuit ensemble. Pat savait que sa mère était à moitié morte d'inquiétude au sujet de l'opération qui allait avoir lieu dans quelques jours, et Emma était juste la distraction dont elle avait besoin. Mais, d'abord, ils allaient passer un peu de temps avec Edge.

— Qu'est-ce qu'on va faire ? demanda Emma tandis qu'elle bondissait partout avec son énergie habituelle, s'étant pleinement rétablie de sa rencontre avec la grippe.

— Je ne sais pas. Edge n'a pas dit ce que nous allions faire, simplement que c'était une surprise que toi et moi allions tous les deux aimer.

Il sourit. Edge et lui avaient parlé tous les après-midis, cette semaine, et cela avait été sympa. Pat était toujours inquiet, mais il était disposé à essayer d'en mettre quelques-unes de ses inquiétudes de côté, pour voir s'il y avait encore vraiment quelque chose entre eux. Une partie de lui espérait qu'il n'y ait rien, que le rendez-vous deviendrait insipide et inintéressant pour tous les deux. Ainsi, il pourrait avancer et laisser partir le fantôme qui avait semblé planer au-dessus de lui depuis qu'Edge avait ressurgi dans sa vie.

— Mets tes chaussures, maintenant, s'il te plaît, et va chercher une veste au cas où il ferait froid.

Les prévisions météo avaient été un peu incertaines toute la journée et Pat avait déjà préparé un parapluie près de la porte, même s'il semblait que le présentateur météo allait être un peu hors sujet quant à ses prévisions d'averses.

— D'accord, Poppy.

Elle s'assit sur le sol et mit ses baskets roses, fit les lacets, puis bondit sur ses pieds quand la sonnette retentit.

— Je vais ouvrir.

Elle partit comme un boulet de canon et Pat finit de rassembler ses affaires, puis la suivit, plaçant le sac prêt de la porte de sa chambre où il pourrait le prendre plus tard.

— M. Edge est là.

— J'arrive, répondit Pat.

— Il a apporté des chocolats, cria Emma avec une joie immense.

Pat grogna. Emma était une obsédée du chocolat et serait capable de manger tout le chocolat de la maison jusqu'à en être malade, puis en mangerait encore.

— Il dit que c'est pour toi, mais tu vas partager, hein, Poppy ?

— Arrête de crier, s'il te plaît, je suis juste là.

Il s'approcha d'Edge et prit la boîte en le remerciant et la posa sur le comptoir.

— Est-ce que tu aimes les manèges ? demanda Edge.

— Oui, affirma Emma en sautillant. Hershey Park.

Edge capta son regard et Pat réalisa que ce n'était pas ce qu'Edge avait en tête.

— Emma, avertit Pat.

— Il y a une fête foraine à l'extérieur de Carlisle et je pensais que nous pourrions y aller, proposa Edge à une Emma qui sembla tout aussi excitée. Ils ont une grande roue, continua-t-il avant de se tourner vers Pat. Je sais que Poppy les aime.

Pat sentit le rouge lui monter aux joues instantanément. Edge et lui avaient passé leur deuxième rendez-vous dans une fête foraine. Edge l'avait traîné de force dans un de ces engins de malheur, malgré ses cris et ses protestations, et pour l'empêcher de penser à la hauteur à laquelle ils se trouvaient, Edge l'avait embrassé à en perdre haleine chaque fois qu'ils atteignaient le sommet. Depuis, chaque fois que Pat pensait aux grandes roues, il devenait à la fois effrayé et excité.

— D'accord, allons à la voiture et mettons-nous en route.

Edge et Emma sortirent, et Pat attrapa son sac pour la journée et verrouilla la porte d'entrée. Emma grimpait déjà sur la banquette arrière de la Jeep d'Edge. Pat installa le siège auto d'Emma ; il remarqua qu'Edge s'assura qu'elle était attachée et que Pat était installé dans le siège passager avant de courir vers le siège du conducteur.

— Es-tu prête à partir ? demanda Pat à Emma, qui semblait ne pas pouvoir tenir en place.

— Oui. Est-ce que je pourrais avoir de la barbe à papa, Poppy ?

Pat grogna.

— Ma mère va tellement t'adorer quand elle sera trop agitée pour dormir et restera debout la moitié de la nuit.

Il sourit.

— En y repensant, oui, Emma, tu pourras avoir toute la barbe à papa que tu veux.

Elle allait tout éliminer bien avant qu'ils arrivent chez sa mère, de toute façon.

— Génial !

Emma leva les poings en l'air comme si elle avait gagné une sorte de prix, tandis qu'Edge sortait de l'allée et s'insérait dans la circulation, se dirigeant vers l'ouest. Pendant qu'il conduisait, Edge et Emma chantèrent des chansons pour la voiture, faux et avec les mauvaises paroles. Tout le long du trajet, Edge et Emma chantèrent des chansons, massacrant les paroles avec des voix de fausset. Pat était sur le point de se mettre à hurler quand ils arrivèrent sur l'immense parking remplit des manèges de la fête foraine.

— Je veux aller sur le carrousel, et le Tilt-A-Whirl, et puis sur le Twist, dit Emma alors qu'elle listait de plus en plus d'attractions.

À la mention de certains noms, Pat eut carrément envie de rendre son déjeuner. Monter dans certaines de ces attractions était tout bonnement inenvisageable pour lui.

— Princesse Emma, tu peux aller sur tous les manèges que tu veux. Je viendrais avec toi si Pat ne peut pas.

Edge était beaucoup plus amusant que Pat ne l'était. Il se gara et ils sortirent de la voiture. Pat suivit Edge avec Emma et il acheta toute une flopée de tickets. Allons-y.

Emma sautilla derrière lui et Pat suivit Edge tout droit jusqu'à la grande roue. Il donna au préposé les tickets nécessaires et ils montèrent tous dans une des cabines. Emma s'assit entre eux, vibrante d'excitation. Pat pensa qu'il allait être malade dès que le loquet se ferma.

— Ne t'inquiète pas. Tout va bien se passer, dit Edge tendant le bras derrière Emma pour prendre la main de Pat et la serrer doucement.

La roue commença à bouger et Pat serra les doigts d'Edge en retour alors qu'ils commençaient leur ascension. L'estomac de Pat se serra alors qu'ils montaient de plus en plus haut. Emma couina de ravissement et lui attrapa le bras, le serrant et riant pendant que Pat avait de plus en plus froid.

— Tu vas très bien, dit Edge d'une voix douce. Emma s'amuse et je suis juste là.

Il caressa gentiment le dos de la main de Pat et un peu de la tension qui l'habitait passa. Au moins, le champ de vision de Pat arrêta de rétrécir et les points lumineux qui le bordaient disparurent.

— Tu sais que je déteste ces trucs, dit Pat alors qu'ils atteignaient le sol et recommençaient à monter.

— Regarde simplement autour de toi. Tu peux voir une bonne partie du reste de la ville d'ici, et regarde ces arbres et le parc juste là, indiqua Edge. C'est beau, Pat, et tu rates tout.

Le tour suivant, Pat essaya de se concentrer sur ce qu'il pouvait voir autour de lui plutôt que sur sa peur. C'était dur, mais il essaya. Edge avait raison. Il pouvait voir le parc, avec sa rivière scintillante qui longeait la lisière. Il pouvait presque entendre l'eau s'écouler sur les pierres qui constituaient son lit. Edge lui tenait la main et il détendit ses jambes et son dos, se concentrant sur quelque chose d'autre jusqu'à ce que le tour se termine et que le préposé déverrouille la cabine. Pat réussit tant bien que mal à sortir de l'attraction et à descendre la rampe sans que ses genoux le lâchent.

— Est-ce qu'on peut refaire un tour, Poppy ?

— Si Edge veut t'y emmener, mais moi je vais rester ici et regarder.

— Et si on essayait un autre manège, plutôt ? dit Edge alors qu'il conduisait Emma vers le Twist.

Pat n'était pas vraiment fan de cette attraction en particulier non plus, mais au moins, il restait près du sol.

Après quelques heures, Pat avait atteint son quota d'attractions. Emma débordait d'énergie, mais Edge aussi semblait fatigué. Ils avaient utilisé tous les tickets et Emma avait eu sa barbe à papa, qu'elle avait heureusement partagée avec Edge et lui.

— Et si on déjeunait ?

— Encore de la nourriture ? demanda Pat en tapotant son estomac.

— On pourrait se promener dans le parc, d'abord, proposa Edge.

Pat le remercia alors qu'il montait dans la voiture et Edge les conduisit vers le parc

—. J'avais tout prévu.

Edge tendit à Emma une miche de pain et lui dit d'aller nourrir les canards et les oies.

— Reste loin du bord de l'eau, lança Pat tandis qu'elle s'éloignait en courant pour causer une frénésie alimentaire.

Les oiseaux crièrent. Pat rit quand les oies se ruèrent les unes après les autres dans une envolée de plumes, criant et couinant bruyamment alors qu'elles battaient des ailes.

— Elle passe une merveilleuse journée. Merci, dit Pat à Edge alors qu'ils se tenaient debout ensemble, regardant Emma jeter de gros morceaux de pain dans l'eau, les canards convergeant autour d'elle.

— J'espère que tu t'amuses aussi, lui murmura Edge en se rapprochant.

Pat ferma les yeux alors que l'odeur d'Edge l'entourait. Il jura que s'il pouvait mettre en bouteille ce qui faisait Edge, il pourrait se faire une fortune.

— Oui.

Emma s'approcha trop près de l'eau et Pat l'appela pour qu'elle recule. Elle le fit et il se tourna vers Edge tout en gardant un œil sur sa fille. Être père lui avait appris à ne jamais regarder ailleurs trop longtemps. Il marcha tranquillement avec Edge jusqu'à Emma, et elle lui tendit le sac plastique pour qu'ils puissent nourrir les canards.

Edge jeta son morceau de pain aussi loin qu'il le put, envoyant les canards et les oies se précipiter à la surface de l'eau pour les atteindre en premier. Emma essaya de l'imiter et finit presque dans l'eau quand son poids l'entraîna dans son lancer. Pat la rattrapa juste à temps et il était plus que soulagé quand il n'y eut plus de pain.

— Maintenant qu'ils ont mangé, si on faisait pareil ? demanda Edge tandis qu'il les reconduisait à la voiture.

— Est-ce qu'on peut manger dans le parc ? demanda Emma.

Ils finirent dans un petit restaurant tout proche, où ils commandèrent à emporter, et retournèrent au parc. Pat était reconnaissant qu'ils aient laissé le temps à son estomac de se calmer après tous ces manèges avant d'essayer de manger. Maintenant il avait faim et, même après la barbe à papa, Emma mangea comme un ogre.

— Tu as un trou noir là-dedans ? demanda Edge

Emma gloussa alors qu'elle mangeait ses nuggets et ses frites.

— Emma a toujours été une bonne mangeuse. Même bébé, je n'avais jamais à l'amadouer pour la faire manger. Elle avait tout le temps faim et elle me le faisait savoir.

Pat ébouriffa les cheveux de sa fille pendant une seconde et Edge s'en saisit pour tracer légèrement des formes sur le dos de sa main.

— Poppy est amoureux... chantonna Emma, conduisant Pat à lever les yeux au ciel. M. Edge, est-ce que tu vas redevenir le petit-ami de Poppy ?

— Mon cœur, M. Edge et moi sommes juste des amis, expliqua Pat sans oser jeter un œil à Edge pour voir ce qu'il pensait de cette déclaration.

Emma lança un regard rapide vers Edge, puis reporta son attention sur lui, les yeux écarquillés.

— Mais, vous pourrez redevenir des petits amis, n'est-ce pas ?

Elle se rapprocha et murmura de cette manière qu'ont les enfants de penser qu'ils sont discrets alors qu'ils sont assez bruyants pour couvrir le bruit d'une fanfare.

— Je l'aime bien, Poppy, et tu ne devrais pas être aussi seul tout le temps.

Pat l'étreignit et fit courir ses doigts sur ses flancs. Il avait découvert que les chatouilles avaient deux effets : faire rire et faire oublier. Cela ne marchait pas toujours, mais cela avait suffisamment fait ses preuves pour qu'il continue d'y recourir.

— Pourquoi tu n'irais pas faire de la balançoire ?

Il indiqua l'aire de jeux et Emma s'y précipita. Pat la suivit et s'assit à une table de pique-nique tout proche, rejoint par Edge qui s'installa à côté de lui avant de soupirer.

— Tu sais, être de nouveau amis, c'est... eh bien, ce n'était pas ce que j'avais à l'esprit.

— Je sais, répondit Pat tandis qu'il observait Emma courir autour de l'énorme château en bois avec les autres enfants. Je ne doute pas de ce que tu veux, mais je ne peux pas la laisser espérer. Emma se laisse toujours guider par son cœur et j'adore qu'elle le fasse. Mais, je ne veux pas qu'elle soit blessée à cause de ça.

— Pat, je n'essaie pas de te blesser.

Edge glissa un peu plus près et l'air se réchauffa de quelques degrés.

— C'est la dernière chose que je souhaite.

Il voulait y croire. Pat souhaitait plus que tout en être capable. Mais, les choses étaient plus compliquées qu'Edge ne le savait, et il y avait ce secret que Pat avait gardé pendant des années et qu'il pensait peu important puisqu'Edge avait quitté la ville et sa vie.

— Prenons les choses comme elles viennent, pas à pas, d'accord ?

C'était tout ce que Pat pouvait faire et même ça avait tendance à l'effrayer un peu.

— Nous ne nous connaissons plus très bien.

Edge lui toucha légèrement la joue.

— Tu as un enfant et je comprends que tu veuilles y aller lentement. Je peux faire ça. Mais, ne pense pas que je ne te connais pas.

Edge se rapprocha encore plus, son souffle chaud caressant l'oreille de Pat.

— Je sais exactement où te toucher et comment tu rougis quand les choses deviennent sexy de manière inattendue en public. Je sais que tu es la personne la plus loyale et tendre que j'ai jamais connue. Je ne m'en suis pas rendu compte quand je suis parti, à l'époque. Il m'a fallu beaucoup de rendez-vous avec des déchets et j'ai dû embrasser quelques crapauds avant de comprendre à quoi j'avais vraiment renoncé.

— On ne peut pas faire machine arrière.

Pat regarda Emma jouer, même si son corps réagissait à la proximité et aux mots d'Edge. Il voulait le croire. Pat avait depuis longtemps perdu le compte du nombre de nuits qu'il avait passées allongé, complètement réveillé, à souhaiter qu'Edge soit là avec lui. Les biberons de deux heures du matin. Les nuits debout avec Emma qui pleurait sans raison. Le premier gros projet sur lequel il avait travaillé.

— Je ne le veux pas. Mais, je pense qu'on peut essayer d'avancer ensemble, si tu le souhaites.

Merde. Edge était très persuasif et la carapace de Pat ne fit pas le poids face au léger éclat aqueux dans ses profonds yeux bleus.

— Tu sais que ce n'est pas si facile. Beaucoup de choses se sont produites ces neuf dernières années. Tout comme tu viens de le dire, tu n'es plus celui que tu étais à l'époque et je ne le suis plus non plus. J'ai fait des erreurs et j'ai mûri aussi.

— Alors, pourquoi ne pas voir si l'on ne pourrait pas raviver l'étincelle qu'il y avait entre nous ?

Pat jeta un œil à Emma pour s'assurer qu'elle allait bien, puis se retourna vers Edge.

— Tu sais que l'étincelle est là. Tu l'as sentie quand on s'est embrassés. Je le sais. Mais, ce n'est pas le problème. Les étincelles n'ont jamais été un problème pour nous.

Bon sang, Edge arrivait toujours à faire chanter son corps. Peut-être que c'était en partie la raison pour laquelle il n'avait été avec personne depuis qu'il était parti. Bien sûr, il avait été occupé à travailler à plein temps et à élever un enfant merveilleux tout seul, mais beaucoup d'autres personnes le faisaient aussi. La vérité était qu'il ne savait pas pourquoi il n'y avait eu personne d'autre.

— Je sais que j'ai été stupide et que j'aurais dû en parler avec toi au lieu de t'annoncer subitement que je partais occuper un poste à Boston. J'avais peur et tu voulais tellement un enfant ; je suppose que je ne voulais pas te décevoir. Je ne sais pas. J'avais peur et la peur te fait faire des choses vraiment stupides. Ils m'avaient fait une bonne offre et ma carrière d'artiste n'allait nulle part…

— N'essaie pas de rationaliser ta décision, dit Pat d'un ton très ferme. Tu peux dire que tu avais peur ou que tu voulais quelque chose de différent de ce que je voulais. Je comprends que j'allais trop vite pour toi, mais ne rien dire de tes sentiments, puis t'enfuir, c'était…

Des mots lui vinrent à l'esprit, mais il ne les prononça pas.

— Donc, j'ai élevé l'enfant qui aurait dû être le nôtre, à tous les deux, tout seul.

Il cligna des yeux quelques fois. Cela avait été sacrément dur à plus d'une occasion.

— Je le referai sans hésiter. Mais, tu dois comprendre que tu as pris cette décision et que nous devons tous les deux vivre avec. Si tu veux une chance avec moi, avec nous, alors tu dois me montrer que je peux compter sur toi, parce que t'enfuir une deuxième fois quand les choses deviendront difficiles…

Il ne pouvait même pas se résoudre à le dire.

— Poppy, M. Edge, appela Emma.

Pat prit une profonde inspiration et expira tandis qu'il faisait signe à Emma et la regardait se suspendre à l'une des barres la tête à l'envers.

— Sois prudente, ma chérie, répondit Pat et, heureusement, elle bascula et remit fermement les pieds sur la terre ferme. Elle est mon monde. Je ne veux pas la voir souffrir et tu as le potentiel pour nous faire subir ça à tous les deux.

ILS laissèrent Emma jouer pendant une heure. Pendant ce temps, Pat dit adieu à une partie de ses défenses et se mit à califourchon sur le banc de la table de pique-nique. Edge ne bougea pas et Pat se reposa contre son torse ferme. Ils ne se montraient pas trop attentionnés ou affectueux en public et Pat en était reconnaissant.

— Est-ce qu'on peut manger une glace ? demanda Emma en courant vers eux pour se jeter dans les bras de Pat.

— Bien sûr, répondit Edge. Si tu veux, on peut jouer encore un peu, puis on ira chercher des glaces et ensuite on ira récupérer tes affaires avant que tu ailles chez mamy.

Emma s'éloigna en courant et Pat ferma les yeux. Grand Dieu, ça faisait du bien d'avoir un autre adulte pour s'occuper de ce genre de choses.

— J'espère que ça te va.

— Bien sûr. Tu es complètement maître de l'emploi du temps pour aujourd'hui.

Edge grogna doucement en se levant et se dirigea vers l'aire de jeux. Pat resta où il était et, bientôt, Edge et Emma se chassaient l'un l'autre dans le château qui avait définitivement été construit pour quelqu'un de la taille d'Emma plus que celle d'Edge.

— Poppy ! cria Emma en courant vers lui et en attrapant sa main. Il s'est cogné la tête et il saigne.

Pat se précipita après elle et trouva Edge assis qui se tenait la tête.

— Fais-moi voir, dit Pat.

Edge retira sa main. Il saignait par une petite entaille à la base de ses cheveux.

Emma, reste avec M. Edge, s'il te plaît, pendant que je vais chercher notre sac de sorties. Pat ne quittait jamais la maison sans quelques indispensables et parmi eux se trouvait une petite trousse de secours.

— D'accord, répondit-elle.

Edge lui donna ses clefs et Pat marcha rapidement jusqu'à la Jeep pour récupérer le sac de sorties à l'arrière. Quand Pat revint, il sortit la trousse et nettoya doucement la plaie. C'était vraiment une petite coupure, mais ça saignait beaucoup. Lorsque le saignement s'arrêta, Pat sortit quelques lingettes et nettoya le sang du visage d'Edge. On lui avait proposé de l'aide plusieurs fois, ce qui était très gentil.

— Voilà. Je pense que tu vas t'en sortir. Est-ce que tu as des taches devant les yeux ou autre chose ?

Pat caressa doucement l'épaule d'Edge.

— Non. Je vais bien. J'étais juste stupide et je n'ai pas vu que la poutre était un petit peu trop basse. Je ne me suis pas cogné la tête si fort que ça.

— D'accord. Et si on laissait les enfants jouer et les adultes s'asseoir et se reposer quelques minutes ?

Pat savait qu'il était en train de taquiner Edge un tout petit peu et il grogna à son attention, mais s'exécuta tout de même. Ils regardèrent

Emma jouer pendant un moment, puis remontèrent en voiture, Pat au volant. Ils s'arrêtèrent au stand de glaces avec un bonhomme de neige sur la devanture, comme Edge l'avait promis.

— Tu veux quel parfum ? demanda Edge à Emma.

— Chewing-gum, répondit-elle.

Pat allait dire à Edge ce qu'il voulait, mais il reçut un pot presque immédiatement.

— Je sais ce que tu aimes, dit Edge. Tu prends toujours un pot de menthe aux copeaux de chocolat. Toujours.

— Je suis si prévisible que ça ? demanda Pat tandis qu'il commençait à manger avant que sa glace fonde.

— Non. Mais tu regardes toujours tout le menu, puis commandes la même chose chaque fois.

— Poppy fait toujours ça, dit Emma en prenant le petit cône que lui tendait Edge avec une poignée de serviettes en papier.

— Traîtresse, se plaignit Pat sans conviction avant de reprendre la dégustation de sa glace.

Il savait qu'ils avaient raison. Pat regardait toujours tous les parfums pour voir s'il y avait quelque chose d'inhabituel qui le tenterait et finissait par commander la même chose parce qu'il aimait ça et savait exactement ce qu'il allait choisir.

— Quel parfum as-tu pris ?

— Noix de pécan au beurre, répondit Edge.

Pat sourit.

— Et tu dis de moi quand je prends toujours la même chose.

— Je n'ai jamais dit que c'était une mauvaise chose. Juste que je me souviens de ce que tu aimes.

Edge lui fit un sourire et Pat dut admettre que c'était agréable qu'Edge s'en soit souvenu. Il avait toujours pensé que la décision de partir avait été facile pour Edge. Penser ça avait permis à Pat de le considérer comme un bon à rien et de le détester pendant un temps. Mais, peut-être que ce n'était pas le cas. Parfois, Pat souhaitait pouvoir tourner la page. Avec tous ses discours sur le fait de ne pas être capable de remonter le temps et de changer les choses, il passait certainement assez de temps à rabâcher le passé, au moins celui qu'Edge et lui partageaient.

— Utilise tes serviettes, rappela Pat à Emma quand elle s'essuya la bouche du dos de la main.

Elle en attrapa une et l'utilisa.

— Tu l'as à peine regardée, dit Edge.

— Le concept d'avoir des yeux derrière la tête est vrai. Tu apprends à connaître ton enfant et peux presque le voir faire les choses avant que cela se produise.

Il mangea une bouchée de sa glace et réussit à s'en mettre sur sa chemise. Le soleil chauffait fort et faisait fondre la glace plus vite qu'il ne l'avait pensé.

— Tu n'es pas sortable, taquina Edge en essuyant le devant de son tee-shirt. Tu renverses toujours des choses.

Emma gloussa et réussit à en étaler sur le devant de son tee-shirt aussi. Tel Poppy, telle fille.

Edge finit sa glace avec une chemise sans taches et il alla chercher plus de serviettes en papier. Heureusement, Pat n'en renversa plus et fut capable de nettoyer une bonne partie de la glace sur sa chemise dans les toilettes. Il faisait assez chaud pour que le tissu sèche rapidement et, une fois qu'Emma eut fini, Pat nettoya aussi son tee-shirt.

— Qu'est-ce qu'on fait ensuite ? demanda Emma avec impatience.

— Eh bien, tu vas aller chez mamy et M Edge et moi allons sortir dîner.

— Mais…

— Ma puce, ta mamy va se faire opérer dans quelques jours et elle veut vraiment que tu passes la nuit avec elle. Je suis certain qu'elle a préparé beaucoup de choses amusantes que vous allez faire toutes les deux.

— D'accord, dit-elle à contrecœur.

Edge se débarrassa des derniers déchets et les conduisit jusqu'à la Jeep.

— Est-ce que mamy va mourir ?

Pat s'arrêta à côté de la voiture. Ce n'était pas le meilleur endroit, mais il pensait qu'il était mieux de répondre à ses questions quand elle les posait.

— Elle a un cancer et ils vont le lui enlever. Mamy est forte et elle va bien aller.

Grand Dieu, il l'espérait.

Edge les ramena à la maison et Emma s'endormit presque sur le trajet avant qu'ils y arrivent. Pat entra et prit son sac, puis Edge suivit les indications de Pat jusqu'à la maison de sa mère.

— **MON** Dieu, je n'arrive pas à croire que ta mère a fait ça, dit Edge alors qu'ils partaient. Tu ne sais jamais ce qu'elle te réserve chaque fois que tu la vois.

Ils montèrent dans la Jeep.

— C'est ma mère. Elle pourrait être inquiète, mais elle ne te laisserait jamais le voir. J'ai dû lui soutirer les informations parce qu'elle ne voulait rien me dire. Elle a toujours dit que les choses étaient ce qu'elles étaient.

— C'est une femme étrange, mais elle est géniale. Je l'ai toujours appréciée. Ta mère a un esprit particulier.

Pat rit.

— Tu l'aimes seulement parce qu'elle pense que le soleil et la lune se lèvent sur tes fesses. Elle plaide ta cause à la moindre occasion depuis que t'es revenu en ville. Elle pense que je devrais être plus clément et, tu sais, peut-être que je devrais l'être. Je lui ai reproché la façon dont elle m'a élevé pendant longtemps, mais je pense que maintenant je commence à plus l'apprécier.

Edge se gara sur le bord de la route.

— Parfois, nous ne comprenons pas à quel point quelqu'un compte pour nous avant de l'avoir perdu ou de penser que l'on va le perdre.

Il prit la main de Pat et la serra fortement. Pat acquiesça ; il commençait enfin à comprendre. Peut-être que ce qu'Edge avait ressenti après son départ ressemblait à ce que lui-même vivait avec sa mère. Il ne l'avait pas appréciée et, maintenant, il était fort possible que cette maladie la dépouille de tout ce qui faisait d'elle qui elle était, avant de l'enlever à Pat pour toujours.

Pat serra la main d'Edge en retour et celui-ci se remit à rouler. Pour la première fois depuis longtemps, Pat se détendit réellement. Sa mère s'occupait d'Emma et il sortait avec Edge. Cette nuit, il pouvait passer un bon moment qui n'impliquait pas de briques de jus de fruit, d'histoires du soir, de pyjama de princesse et tout ce qui faisait une petite fille. Il aimait Emma de tout son cœur, mais il avait vécu chaque seconde des huit dernières années uniquement pour prendre soin d'elle.

— Est-ce vraiment le premier rendez-vous que tu as depuis qu'Emma est née ? demanda Edge qu'ils poursuivaient leur route.

— Non. Un de mes contacts de travail m'a organisé un rendez-vous avec un type, une fois. C'était un désastre, surtout quand il est arrivé à la porte dans un beau costume et qu'Emma courait partout avec les mains couvertes de gelée... Tu devines la suite. La soirée était finie avant même d'avoir commencé.

Edge commença à rire et, après quelques secondes, les larmes coulaient sur ses joues tandis qu'il essayait de conduire et de ne pas se laisser emporter par un fou rire.

— Tu mens.

— Vraiment... Tu n'imagines pas Emma faire ça ? Elle avait cinq ans et voulait me faire un dîner avant que je sorte. Au début, c'était trop mignon et, quand la baby-sitter est arrivée, elle a arrêté et j'ai passé les deux heures suivantes à nettoyer la gelée de raisin de chaque surface dans la cuisine.

Pat y voyait à peine tellement il riait.

— Tu voulais que je te parle de mes rendez-vous ? Eh bien, voilà, c'est tout. Après ça, j'ai plus ou moins abandonné pendant longtemps. Enfin, jusqu'à aujourd'hui.

— Comment tu as fait ?

— Fait quoi ? J'avais Emma et elle était plus importante que sortir avec des gars. Je ne pouvais plus aller en soirée ou en boîte. J'avais une fille.

Pat plissa les yeux.

— Avec combien de gars es-tu sorti ?

— Beaucoup plus que toi. Quelques-uns de mes étudiants étaient intéressés, mais je ne suis jamais sorti avec eux, du moins pas tant qu'ils étaient mes élèves. Je suis sorti avec quelques-uns après qu'ils ont eu leur diplôme, mais principalement, je…

Edge agrippa le volant un peu plus fort.

— Il y a eu un gars avec qui je suis sorti pendant six mois, mais ça n'a pas marché.

— Pourquoi ?

— Parce que… aucun d'entre eux ne convenait.

Edge devenait nerveux et Pat l'avait rarement vu ainsi.

— Aucun d'entre eux n'était toi. J'ai continué à sortir avec des gars, mais je les comparais toujours avec toi. Bon sang, à l'époque, je ne réalisais pas que c'était ce que je faisais, mais je le sais maintenant. Ils étaient trop petits ou trop grands. Je suis sorti avec un gars qui te ressemblait beaucoup, jusqu'à ce qu'il ouvre la bouche. Là, j'ai compris qu'il avait un petit pois à la place du cerveau. Il était très beau, mais il n'y avait rien de plus.

— Donc, tu essayais de me remplacer ? demanda Pat, un peu bouche bée.

Edge s'engagea sur un parking et se gara dans l'une des places.

— Oui. J'ai mis un moment à m'en rendre compte, mais j'ai réalisé que tu me manquais, et puis la raison pour laquelle je suis partie n'était plus si importante. Je n'avais plus le cœur à enseigner et j'avais besoin de revenir. J'avais besoin d'essayer d'avoir la vie que j'avais toujours voulue, mais je m'étais perdu en chemin un moment. Donc, je travaille à nouveau sur mon art et j'essaie de me rattraper pour les choses stupides que j'ai faites parce que j'ai perdu ce qui était important pour moi, et je sais exactement ce que ça m'a coûté.

Edge ouvrit la portière et descendit de voiture.

Pat était immobile sur le siège, fixant la fenêtre. Il cligna des yeux quelques fois. Ce qu'Edge avait dit était vrai, en grande partie. Mais, le fait est qu'Edge ne savait pas exactement ce qu'il avait perdu parce que Pat le lui avait caché, et il avait l'intention de continuer à garder l'origine biologique d'Emma pour lui. Si Pat lui révélait ça maintenant, Edge ne lui parlerait probablement plus jamais et, encore pire, il pourrait lui prendre Emma. Pat n'aurait aucun droit sur la garde de sa fille et la perdre était quelque chose qu'il ne pourrait pas supporter. Donc, il devait garder son secret. Il le devait, peu importe ce qu'il ressentait ou les douces paroles d'Edge. Il le devait. Il n'avait pas d'autre choix, même si cela lui brisait le cœur.

— Je ne voulais pas te faire pleurer, dit doucement Edge après avoir ouvert la portière.

— Ce n'est pas toi, dit Pat en s'essuyant les yeux et en sortant de la voiture. Quel est cet endroit ?

— Je l'ai trouvé il y a quelques jours. C'est un petit restaurant familial, mais leur nourriture est incroyable. Une sorte de pépite cachée.

Edge le conduisit jusqu'à la porte du restaurant, l'ouvrit et le laissa passer. À l'intérieur, Edge demanda une table pour deux, leur obtenant ce qui semblait être la dernière table libre du restaurant.

— Ils sont toujours plutôt complets.

— Depuis combien de temps ont-ils ouvert ?

— Seulement quelques mois, je pense, mais ils ont l'air de s'être constitué une bonne clientèle.

Edge lui donna un menu que Pat ouvrit. Il s'attendait à des plats basiques, comme des burgers ou des choses comme ça, mais il y avait aussi de la tourte au poulet et la table proche de la leur reçut un panier de petits pains qui sentaient divinement bon.

— Je suppose, commenta Pat tout en continuant de regarder le menu. On dirait qu'ils font tout eux-mêmes.

Il était ravi et commanda une soupe à l'oignon et la tourte, qui était accompagnée d'une salade.

— Je voulais t'emmener dans un endroit spécial, mais pas trop sophistiqué. Cependant, nous pourrons aller dans un restaurant plus chic la prochaine fois, si tu veux.

— Je n'ai plus vraiment de vêtements chics. Je travaille à la maison et élève Emma. J'ai un costume que je mets quand je dois rencontrer un nouveau client, mais sinon je m'habille confortablement.

Pat partagea un sourire avec Edge.

— Et je sais que tu ne portes pas de costumes ou de vêtements chics pour travailler. Ils finiraient couverts de peinture.

— Oui.

La soupe arriva rapidement et Pat commença à la manger lentement.

— Comment avance le portrait d'Emma ?

— Très bien. Il sera fini dans quelques semaines. Pour tout dire, travailler dessus m'a débarrassé d'une sorte de blocage et je suis plus inspiré que jamais.

Edge fit une pause.

— Écoute, la vérité, c'est qu'il est presque fini, mais j'ai peur que si je le finis vraiment, le blocage ne revienne. Je sais que ça a l'air stupide, mais c'est vrai. J'ai fini deux autres peintures ces dernières semaines et…

— Tu fais ce dont tu as besoin.

— Ça paraît vraiment idiot de croire quelque chose comme ça, mais j'y crois. Et si je le finis et que plus aucune idée ne me vient ?

Pat secoua lentement la tête.

— Je ne comprends pas vraiment ce domaine, mais j'ai toujours des idées qui me viennent. Et elles n'ont aucun rapport avec mon travail en cours. Il y a comme un puits au fond de moi et les idées remontent à sa surface comme des bulles. Je compte dessus et je sais que tu as ce même genre de puits. Peut-être que tu as juste besoin de déverrouiller le mécanisme, si je puis dire. Mais, je doute que travailler sur le portrait d'Emma ait une influence dessus, en bien ou en mal. J'ai vu ton travail, tu te rappelles ? Je sais à quel point tu es talentueux.

Pat retourna à sa soupe et en avait mangé plusieurs cuillères avant de réaliser qu'Edge ne mangeait pas.

— Qu'est-ce qu'il y a ?

— Tu penses vraiment que j'ai du talent ? demanda Edge.

— Oui. Tu… Et si tu mangeais, et je te montrerai… plus tard.

Pat attendit jusqu'à ce qu'Edge recommence à manger, puis retourna à sa soupe. Heureusement, l'ambiance pesante qui s'était installée à leur table sembla s'alléger. Pat n'était même pas certain de savoir d'où elle était venue ni ce qui l'avait causée, mais il était content qu'elle soit partie.

— On a abordé le sujet des rendez-vous passés et de nos carrières, dit Edge une fois qu'ils eurent fini leur soupe. De quoi d'autre devrions-nous discuter ?

— Mon Dieu, je n'en sais rien. Est-ce que tu as vu de bons films récemment ? demanda Pat avant de soupirer doucement. Pas que je puisse participer à cette conversation, à moins que tu ne veuilles parler de princesses et de dessins animés. J'ai vu une émission sur la peste, il a quelques semaines. C'était sur la chaîne d'historique et je l'ai regardée après qu'Emma était allée au lit parce que j'étais trop fatigué pour éteindre la foutue télé et, après quelques minutes, j'étais étrangement captivé. Bien sûr, ce n'est probablement pas un bon sujet de conversation autour d'un dîner, donc oublie que j'ai dit quoi que ce soit.

Edge rit dans sa barbe.

— C'est tout ?

— Oui. En fait, j'ai regardé *Le Discours d'un roi*, et j'essaie de deviner quelle étrange série d'événements m'a permis de le voir. Autre que ça, j'ai habituellement une heure ou deux une fois Emma couchée, donc je peux regarder un peu la télé, mais généralement, je m'endors et finis par ne rien regarder.

Pat se tut pendant que la serveuse plaçait leurs plats devant eux.

— Je sais… Je suis l'homme le plus ennuyeux du monde.

— Non, tu ne l'es pas. Pas de ciné ou autres activités du genre pour moi non plus depuis un moment. J'avais l'habitude d'aller en boîte, mais ça a rapidement perdu de son charme. Je sortais de temps en temps avec les autres enseignants, mais après un moment, ils n'étaient plus très intéressants et ils parlaient toujours de leur travail ou de politique universitaire et, mon Dieu, avoir les mêmes conversations encore et encore, ça t'engourdit le cerveau.

— Donc, tu es revenu ici. N'aurais-tu pas pu enseigner et continuer de travailler sur ton art ?

Pat prit un morceau de poulet et de pâte feuilletée, et ferma les yeux pour savourer cette divinité délicieuse et crémeuse.

— Cela ne fonctionnait pas. Je n'étais pas titulaire et n'allais jamais le devenir, ils cherchaient à utiliser ma position pour essayer d'attirer quelqu'un avec plus de renommée. Apparemment, avoir donné de bons cours pendant des années n'était pas suffisant. Donc…

Edge posa sa fourchette.

— Je suis en quelque sorte parti avant qu'ils me le demandent. J'ai décidé que j'en avais assez et que je voulais revenir au travail que j'aimais vraiment, et je voulais être à un endroit où je pensais que je pourrais être heureux…

— Donc, tu es revenu ici.

— J'étais heureux ici.

Edge n'avait pas l'air particulièrement heureux pour le moment.

— Et j'espérais que je pourrais à l'être nouveau. Je ne suis pas revenu ici pour tenter de reconstruire la vie que j'avais, du moins pas de la manière dont tu le penses. Je n'avais pas cette liste de choses à faire : trouver un studio, fait… recommencer à peindre, fait… me remettre avec Pat, fait… J'essayais seulement de revenir au dernier endroit où j'avais été vraiment heureux.

— Je suis content, Edge. Tu mérites d'être heureux. Nous le méritons tous.

Il avait souhaité tellement de fois qu'Edge soit frappé par des fléaux de proportions bibliques. Tellement de fois que ce n'en était même plus drôle. Mais, il ne le souhaitait plus.

— Je t'ai détesté, admit Pat. Après ton départ et…

Il se retint d'exprimer sa dernière pensée. Il avait été si proche encore une fois de se trahir.

— Nous avions fait des projets pour le reste de notre vie, puis tu es parti. Donc, je t'ai détesté pendant un bon moment.

Edge acquiesça comme s'il s'y était attendu.

— Et puis…

— Eh bien… pendant un certain temps, je n'ai juste pas pensé à toi.

C'était, bien sûr, un mensonge. Comment ne pouvait-il pas penser à Edge quand, chaque fois qu'il regardait sa fille, elle le regardait en retour avec les yeux d'Edge.

— La douleur s'est petit à petit calmée, et j'ai guéri et me suis concentré sur le fait d'élever Emma. C'était tout ce que je pouvais faire, donc je l'ai fait.

Pat tendit le bras au-dessus de la table et plaça ses doigts sur le dos de la main d'Edge.

— Je sais que tu regrettes ce que tu as fait et je suis disposé à essayer de regarder au-delà de ça. J'aimerais penser que je t'ai pardonné, mais c'est difficile parce que cette seule action a changé ma vie pour toujours.

Pat soutint le regard d'Edge pendant un long moment avant de retourner à son dîner.

— Je ne comprends pas. Tu as quand même eu Emma après mon départ. Tu as juste légèrement modifié le projet. Je veux dire, tu as eu un enfant quand même. Notre plan était que je sois le père du bébé, mais tu as pris ma place et continué à partir de là.

La douleur dans la voix d'Edge était palpable.

— C'était comme si je n'étais pas important.

— Pas important ? siffla Pat doucement. J'étais seul et blessé d'avoir été rejeté par la personne qui comptait le plus dans ma vie. Je n'avais pas une bonne relation avec ma mère à l'époque et il a fallu des années et une petite-fille pour aider à nous réunir. Les dernières neuf années étaient supposées être des années spéciales… ensemble. Alors, ne dis pas que ton départ n'était pas important, parce que si c'était vrai, pourquoi tu m'aurais manqué presque tout le temps ?

Pat n'avait pas eu l'intention de dire la dernière partie, mais cela lui avait échappé. Il mordit sa lèvre inférieure, mais refusa de détourner le regard d'Edge. Après une bonne trentaine de secondes, Pat retourna à son dîner.

— Je suis désolé, je…

— Non. C'est moi qui suis désolé de déballer tout ça maintenant. Tu as planifié cette soirée pour qu'on « réapprenne à se connaître » et j'imagine que j'ai un peu dépassé les bornes.

Pat soupira et recommença pour la énième fois à manger. Il s'interrompit au milieu d'une bouchée quand Edge lui caressa doucement la joue. Il se souvenait de ce toucher. Il serra les lèvres pour éviter de dire quelque chose de stupide qui gâcherait le moment.

— Je voulais réapprendre à te connaître et j'aurai dû me préparer à tout, dit Edge plus doucement que Pat ne s'y était attendu. Je sais que ça a été dur pour toi… mais ma décision m'a aussi coûté cher, et je le sais. Donc, pouvons-nous essayer de mettre ça derrière nous pendant un moment ?

— Mon Dieu, oui, répondit doucement Pat. Je suis fatigué d'en passer par là tout le temps.

— Moi aussi. Nous étions des personnes différentes… j'aime à penser que nous avons beaucoup mûri.

— Eh bien, peut-être que l'un de nous a mûri, rétorqua Pat avec un clin d'œil. Tu es toujours le même gars qui m'emmène dans une fête foraine pour un rendez-vous.

— Oui. J'espérais pouvoir te rappeler de bons souvenirs.

— Tu l'as fait, confirma Pat en plaçant ses doigts sur ceux d'Edge afin d'augmenter la sensation. J'avais oublié la première fois que nous sommes montés sur la grande roue. La peur… les baisers… le fait de ne plus penser à combien j'avais peur. J'ai toujours pensé que toi et moi pourrions tout faire ensemble. Et je suis tombé amoureux de toi sur cet engin de malheur. Oui, j'avais peur, mais chaque fois que nous montions, tu m'embrassais et me serrais plus fort. Je savais que tu te souciais vraiment de moi.

— Je pense que j'ai oublié parfois, mais je n'ai jamais vraiment cessé.

Pat devait admettre que c'était aussi vrai pour lui. Mais, qu'allait-il faire de tout ça ? Voulait-il réellement qu'Edge revienne dans sa vie de manière permanente ? Edge le voulait, apparemment, et Pat était disposé à laisser le passé derrière lui. Ce n'était pas sain, après tout, de garder toute cette colère en lui. Peut-être que c'était aussi loin qu'il pouvait laisser les choses aller. Ils pouvaient redevenir amis, mais… Pat leva les yeux de la table et sut dès qu'il regarda dans les yeux bleus d'Edge qu'il pouvait bien se dire tout ce qu'il voulait, son pouls s'emballait juste en regardant Edge. Cet homme était à lui et cela semblait juste d'être avec lui. C'était comme si sa vie n'avait été que partiellement remplie et qu'il ne s'en était pas rendu compte avant qu'Edge soit là et que le vide ait été comblé.

— Bon sang, je déteste ça, quand elle a raison… marmonna Pat dans sa barbe.

— Qui ? demanda Edge, clairement confus.

— Ma mère.

— Tu parles de ta mère dans un moment pareil ?

Edge se pencha sur la table et Pat repoussa toutes pensées concernant sa fille, sa mère et quiconque d'autre de sa tête tandis qu'Edge se rapprochait, Pat se pencha assez pour l'embrasser.

Les autres conversations dans le restaurant s'estompèrent en un instant, comme si une bulle se formait autour d'eux. Pat tint la main d'Edge plus fermement, laissant le baiser le transporter dans un moment où il n'y avait qu'eux deux. Edge avait le goût de l'origan et de l'ail, mais aussi du musc et de la chaleur, la douce saveur d'Edge surplombant les autres. Une légère toux fut, tout d'abord, à peine remarquée, puis Pat se recula et se tourna vers leur serveuse.

— Écoutez, les garçons, dit-elle avec un sourire malicieux. Ça m'est égal que vous fassiez ça, mais quelques-uns des autres clients commencent à devenir un peu jaloux.

Pat devint plus rouge qu'une tomate. Cela faisait tellement longtemps qu'il n'avait pas pensé aux démonstrations d'affection en public qu'il ne lui était pas venu à l'idée de réfréner ce qu'ils étaient en train de faire.

— Je pense que vous êtes sexy ensemble, mais les gens du coin ont tendance à s'agiter un peu.

— Merci, fit Edge en se rasseyant correctement sur sa chaise. Je pense que nous avons fini nos plats. Ils étaient délicieux.

— Vous m'en voyez ravie.

Elle débarrassa leurs assiettes et leur proposa un dessert, qu'ils déclinèrent tous les deux. Pat avait appris il y a quelque temps que son tour de taille réagissait mal au surplus de calories. La serveuse apporta l'addition et Edge paya avec sa carte. Ils partirent juste après avoir payé et, avant même qu'ils soient sortis du restaurant, la table était prête pour les clients suivants.

— Est-ce que tu veux aller voir un film ? demanda Edge une fois qu'ils furent dehors.

— Tu sais, j'aimerais vraiment rentrer à la maison et passer un peu de temps au calme. Les films, la télévision… J'en regarde beaucoup avec Emma. Mais, un peu de temps au calme où je n'ai pas à écouter tout ce qui se passe autour de moi, c'est assez rare.

Pat prit la main d'Edge et le conduisit jusqu'à la voiture. Edge la déverrouilla, puis les ramena chez Pat.

— J'ai promis que je te montrerais quelque chose, dit Pat sur le trajet.

— En effet et, si je me souviens bien, tu étais plutôt mystérieux à propos de ce que c'était.

Une fois à la maison, Pat mena Edge à travers le salon et jusqu'à son bureau. Il ouvrit la porte et indiqua à Edge d'entrer. Il sut dès qu'Edge vit le tableau en liège.

— Je t'ai dit que tu étais un bon artiste. Tu as eu un réel impact sur moi. Après la naissance d'Emma, nous avons emménagé ici et, quand elle a eu deux ans, j'ai fait installer ce tableau et j'ai commencé à y épingler ses dessins. Le tout premier est toujours dessus quelque part.

— C'est une exposition évolutive des œuvres d'Emma.

— Exactement. Il y a des centaines de dessins et de projets sur ce mur. Emma m'aide à choisir où on les met. Celui-ci date d'il y a un an, mais elle l'aime toujours, donc il n'a jamais été recouvert. D'autres ne restent pas à l'avant très longtemps, mais quand je travaille, je suis entouré par le talent de ma fille.

Edge marcha jusqu'au tableau et souleva quelques dessins pour jeter un œil à ceux qu'il y avait en dessous.

— Waouh ! Elle a vraiment du talent.

Edge regarda de plus près.

— Je ne sais pas de quand date celui-ci, mais regarde les couleurs et la façon dont elle les a utilisées ici et ici. Ce n'est pas un coup de chance. Elle comprend les couleurs et comment s'en servir.

Tu vois, elle a mis un crayon sur un autre et les a mélangés pour faire la couleur qu'elle voulait, pas celle que les gens de chez Crayola pensaient qu'elle devrait utiliser, et c'est incroyable pour quelqu'un d'aussi jeune.

— Elle a toujours eu l'œil pour ça d'aussi loin que je me souvienne, mais bon, je suis son père, donc je suis un peu biaisé.

— Elle l'a, confirma Edge en reculant. Et ceci est une idée absolument géniale.

— Je pense que ça vient de toi. Toutes ces années passées à te regarder travailler et à voir la façon dont tu exposais ton travail m'ont inspiré et donné envie d'essayer ça.

Pat prit la main d'Edge et ils regardèrent le mur d'art d'Emma pendant quelques minutes. Puis, Edge se tourna vers lui, le rapprocha de lui et, juste comme ça, le tint fermement, posant ses lèvres sur les siennes dans un baiser qui menaçait de mettre le feu aux œuvres sur le mur.

Edge ne fit pas que l'embrasser, il le dévora, ses lèvres possédant celles de Pat, le pillant jusqu'à ce qu'il abdique et, une fois qu'il le fit, Edge le maintint plus fermement contre lui, le laissant savoir qu'il le tenait et qu'il n'allait pas le laisser partir.

Pat était certain de ce qu'il allait se passer. Les doutes qui l'avaient assailli depuis qu'Edge était de retour étaient tenus à distance, et le sang de Pat courait dans ses veines comme des rivières brûlantes. Il voulait Edge. Bon sang, il était tellement excité par un seul baiser qu'essayer de penser était complètement inutile.

Edge grogna et Pat se retrouva soulevé dans ses bras. Doux Jésus, Edge était plus fort que Pat ne le pensait, et c'était sacrément excitant.

— Qu'est-ce que tu fais ?

— Je t'emmène au lit, lui dit Edge d'une voix qui transpirait l'intensité et la passion.

Pat trembla, sa tête tournant avec ce qu'il s'était refusé pendant tant d'années. Edge se tourna sur le côté et le porta à l'étage, où Pat lui indiqua le chemin jusqu'à sa propre chambre.

— Mince, est-ce que c'est le même lit que tu avais… Si peu de choses ont changé.

Edge le déposa sur le matelas, l'embrassant durement une fois de plus tandis qu'il tirait sur ses vêtements.

L'impulsivité d'Edge n'avait pas faibli durant le temps qu'ils avaient passé loin l'un de l'autre. Les vêtements furent enlevés et finirent un peu partout. Pas que Pat s'en souciait le moins du monde, particulièrement quand il pouvait voir à quel point Edge avait changé. Les années avaient été un cadeau des dieux pour lui. Edge avait toujours été attirant, mais maintenant dans un corps plus mature, il était renversant, large, fort et puissant. Pat se sentait flasque et en quelque sorte pâle à côté de lui, mais les yeux d'Edge ne brillèrent que plus intensément tandis que Pat était allongé nu sur le lit, donc il ne laissa pas ses insécurités remonter à la surface. Edge semblait aimer son corps et Pat trembla quand Edge caressa son torse.

— Bon sang, Pat, murmura Edge.

— Tu es celui à qui je devrais dire bon sang et tu es sacrément beau, contra Pat en s'asseyant pour être plus proche de la chaleur d'Edge.

Il voulait toucher et ressentir, mais ne savait pas vraiment pas où commencer. Les bras d'Edge se gonflèrent alors qu'il les pliait et ses tablettes de chocolat l'appelaient. Edge avait une autre idée en tête et il repoussa Pat contre le lit, remontant le long de son corps comme un prédateur, les yeux enflammés, les lèvres entrouvertes, les dents juste assez découvertes pour envoyer des vagues de chaleur dans tout son corps. Mon Dieu, il voulait tout en même temps.

— Je suis juste moi, murmura Edge tandis que Pat l'attirait vers le bas jusqu'à ce qu'Edge le recouvre complètement de son corps solide.

Pat caressa son dos de haut en bas. Edge était plus dur et ferme qu'il ne se le rappelait tandis que ses mains caressaient un territoire qui lui était encore familier. Et, instinctivement, il savait comment Edge aimait être touché. À cette petite touffe de poils juste entre ses reins et ses fesses, Pat y traça un petit cercle des doigts et il sentit Edge trembler au-dessus de lui.

— Je sais que tu l'es.

Pat trouva une meilleure occupation à ses lèvres et embrassa fermement Edge, l'agrippant férocement pour qu'il n'éclate pas en morceaux. Neuf ans d'attente s'écroulèrent à ce moment-là.

— J'avais l'habitude de rêver que tu me reviennes, mais je ne pensais pas que c'était possible à l'époque.

Pat se tortilla sous Edge de façon à sentir autant que possible son corps contre le sien, son torse dur et lisse, son ventre frottant contre celui de Pat légèrement poilu.

— Mon Dieu, te sentir ainsi m'a manqué. Et veux-tu bien arrêter de te tortiller ?

Edge le maintint immobile, Pat grogna et arqua le dos quand Edge traça une ligne sur son torse et son ventre. Edge le faisait se sentir comme s'il était le centre de l'univers.

Edge laissait un chemin de feu chaque fois qu'il donnait un coup de langue sur sa peau. Pat gémit fortement et longtemps.

— Bon sang, tu es devenu plus expressif.

— Essaie de vivre avec une petite fille. Bien sûr que je suis expressif. J'ai l'occasion de faire l'amour une fois tous les neuf ans et tu crois que je vais rester silencieux ?

Pat attrapa Edge et le fit rouler sur le lit. La bouche d'Edge s'ouvrit en grand tandis que Pat le chevauchait. Écoute, chéri. Je ne sais pas ce qu'il va se passer après ça. Je ne le sais vraiment pas. Mais, j'espère que tu resteras ici pendant longtemps, mais que ce soit le cas ou non, j'ai l'intention de te monter pour une chevauchée fantastique.

Pat roula des hanches, faisant glisser ses fesses sur l'érection d'Edge et le regardant alors qu'il fermait les yeux et gémissait.

Edge attrapa Pat par l'arrière des cuisses et le souleva pour le propulser en avant, amenant l'érection de Pat plus près des parfaites lèvres pulpeuses d'Edge. Quand celui-ci enroula ses doigts autour de sa verge, la respiration de Pat se coupa, mais quand Edge la guida entre ses lèvres et la suça profondément et fortement, Pat était prêt à chanter l'aria sur l'amour de l'opéra *Turandot*.

— Doux Jésus, Edge, gémit Pat en lui tenant les épaules et essayant de toutes ses forces de ne pas pousser son érection trop durement dans la bouche d'Edge.

Il avait presque oublié ce qu'on ressentait en faisant l'amour et ses souvenirs ressurgirent vigoureusement. Il se sentait comme un adolescent et ne savait pas vraiment combien de temps il allait pouvoir tenir. Quand il baissa le regard et vit son érection glisser entre les lèvres d'Edge, il passa à deux doigts de l'orgasme.

Dieu merci, Edge s'éloigna. Pat tremblait comme une feuille ballotée par le vent, essayant de garder un certain contrôle sur son corps instable.

— Respire à fond, mon cœur. Ça va aller.

— Cela fait si longtemps. Et si les choses ne fonctionnent plus comme avant ?

— Tu penses que ton corps est cassé ou quelque chose comme ça ? le taquina Edge tout en lui caressant le torse. On ne dirait pas pour moi.

— Eh bien, merci.

Pat détestait se sentir si incertain à propos de lui-même et du sexe. Oh, et puis zut ! Il avait toujours fait ce qu'il savait rendrait son partenaire heureux et Edge était peut-être plus vieux, mais c'était toujours Edge, l'homme qu'il connaissait mieux que quiconque, à part lui-même. Il se pencha en avant et embrassa Edge alors qu'il faisait courir ses doigts le long de son torse, pinçant ses tétons avec chacune de ses mains. Edge siffla et grogna contre ses lèvres.

— Tu as toujours aimé ça.

— Oui, gémit Edge plus fortement quand Pat pinça un peu plus fort. Tu t'en es souvenu.

Il sentit l'érection d'Edge pulser entre eux.

— Bien sûr que je m'en souviens, fit-il en les relâchant et en apaisant doucement la peau. Je sais tellement de choses sur toi. Comme tu aimes qu'on te suce les oreilles presque autant que la queue.

Pat haussa les sourcils, regardant les yeux d'Edge danser d'anticipation.

101

— Et il y a un endroit juste là...

Pat se déplaça pour sucer la peau à la base de la nuque d'Edge.

— ... qui te fait complètement perdre la tête.

— Oh, oui, geignit Edge en resserrant sa prise sur Pat. Si je me souviens bien...

Edge fit glisser ses mains le long des côtes de Pat et le caressa doucement juste à la base des cuisses. Pat ferma les yeux, son érection palpitant avec force. Il n'avait jamais compris pourquoi cela avait cet effet sur lui, et seul Edge semblait être capable de le toucher de l'exacte bonne façon.

— Mince, Edge. J'essaie de me retenir pour durer un peu plus longtemps.

Edge gloussa diaboliquement et les fit rouler sur le lit, puis maintint Pat contre le matelas, son regard perçant dans le sien.

— Je veux te voir te perdre pour moi.

Edge lui fit un grand sourire, puis se pencha en avant et glissa ses lèvres autour de l'érection de Pat, le suçant tout aussi durement et fortement qu'il l'avait fait quelques minutes plus tôt.

— Ce n'est pas juste... Je...

Edge fredonna simplement sa réponse et continua de le sucer jusqu'à ce que Pat ferme les yeux fermement. La pression grandit à la base de sa colonne vertébrale et se répandit comme des picotements de chaleur qui fleurissaient tout le long de son corps jusqu'à ce qu'il ne puisse plus se contenir plus longtemps.

— Edge ! cria Pat avant d'être complètement submergé.

Il jouit avec force, Edge avalant autour de lui. Pat resta plus ou moins conscient de ce qui l'entourait, non sans difficulté. Edge le laissa s'échapper de ses lèvres et Pat le sentit s'allonger sur le matelas, puis l'attirer fermement contre lui. La chaleur d'un été précoce aurait dû être trop, mais Pat était loin de s'en soucier. Il aimait qu'Edge se soucie assez de lui pour le tenir et le laisser se prélasser dans ce bien-être post-orgasmique.

— C'est ce que je voulais voir, murmura Edge en embrassant doucement l'épaule de Pat. Je pense que tu en avais vraiment besoin.

— Oh, mon Dieu. Je commençais à penser...

Pat n'était pas tout à fait certain de ce qu'il voulait dire.

— Maman dit que je dois arrêter d'agir comme un moine. Je suppose que la saison sèche est finie.

Edge gloussa doucement.

— Neuf ans, c'est plus qu'une saison sèche. C'est la sécheresse du désert d'Atacama, et je suis content qu'elle soit finie.

— Moi aussi, affirma Pat en roulant lentement vers lui. Je peux m'occuper de toi, maintenant ? demanda-t-il à Edge.

— Je vais bien, fit Edge avec un sourire. Je voulais juste te faire sentir bien.

Pat attira Edge dans un baiser qui, il espérait, lui promettait plus à venir… une fois qu'il aurait repris son souffle.

Chapitre Cinq

— **EST-CE** que je dois vraiment rester ici ? demanda Emma pour ce qu'il devait être la huitième fois en une heure.

— Mélanie va venir, lui dit Pat encore une fois.

Mélanie était une baby-sitter fantastique et elle avait accepté de venir passer toute la journée avec elle. Il s'agenouilla devant Emma.

— Ta mamy va être opérée et j'ai besoin d'être là avec elle. Je sais que tu crois que tu veux y aller, mais c'est beaucoup d'attente sans rien à faire. Tu seras beaucoup plus heureuse ici, avec Mélanie, et je te promets de te dire comment va mamy une fois que je serai de retour.

Pat était déjà extrêmement nerveux et les jérémiades d'Emma n'aidaient pas. Il essayait d'être aussi compréhensif que possible, mais il commençait à perdre patience.

— Maintenant, va à l'étage et finis de t'habiller avant qu'elle arrive.

— Poppy.

— Emma, dit-il plus sévèrement

Elle se tourna et se dirigea d'un pas lourd vers sa chambre, traînant des pieds comme seule une enfant de huit ans savait le faire.

— Je dois y aller et ce n'est pas le genre de comportement qui me rend fier de toi, dit-il un peu plus fort après elle.

Elle ferma sa porte et Pat soupira, rassemblant les affaires dont il pensait qu'il aurait besoin. Il lisait la note qu'il laissait pour Mélanie quand la sonnette retentit.

— Emma est dans sa chambre, probablement en train de bouder, indiqua Pat à Mélanie après l'avoir fait rentrer. Il y a de quoi manger pour le déjeuner et je t'ai laissé une note au cas où quelque chose arrive.

— D'accord, dit Mélanie. Je m'occupe d'Emma. Allez voir votre mère. Je sais comment vous contacter s'il se passe quelque chose.

— Merci. Emma, descends et dis-moi au revoir.

Emma sortit de sa chambre et lui fit un câlin. Pat s'accrocha à elle pendant quelques secondes avant de lui dire au revoir. Il attrapa quelque chose à lire et se précipita vers sa voiture. Il traversa le pont jusqu'au même hôpital où Emma avait été admise pour sa grippe et se gara sur le parking avant de se hâter à l'intérieur et de se renseigner à propos de sa mère. Ils lui donnèrent son numéro de chambre et il réussit à la trouver alors que sa mère partait au bloc.

— Je vais très bien aller, lui dit-elle et Pat lui tint la main pendant qu'ils traversaient les couloirs.

— Tu ferais mieux, lui dit Pat.

Quand il ne put plus aller plus loin, il regarda les portes du bloc opératoire se refermer, puis il descendit dans la salle de l'interminable attente et s'assit. Il avait apporté de quoi lire, mais il n'était pas d'humeur du tout. Donc, il finit assis dans l'une des chaises les plus inconfortables de Pennsylvanie, fixant le mur blanc avec des tourbillons d'une horrible couleur bleue, se demandant ce qu'il ferait si quelque chose lui arrivait.

— Où est-ce qu'ils ont trouvé ces choses horribles ? demanda Edge alors qu'il s'approchait de lui.

— Je ne sais pas. Je pensais que ça venait d'artistes affamés, mais maintenant, je pense que ça vient de artaffreuxpourhopitaux. com. Leur slogan publicitaire est « Couvrez vos murs vides avec quelque chose qui rendra les visiteurs reconnaissants de ne pas avoir à rester plus longtemps. »

— Que dis-tu de « Votre être cher est malade ? Donnez-lui quelque chose d'écœurant à regarder » ?

Edge s'assit à côté de lui.

— C'est pas mal.

Une petite plaisanterie était plus que bienvenue.

— Je ne m'attendais pas à ce que tu viennes.

— Je n'allais pas te laisser attendre tout seul assis ici à t'inquiéter pour ta mère, répondit-il en lui prenant la main. Donc, j'ai pensé que je viendrais m'asseoir ici avec toi pour te tenir compagnie. Je ne pense pas que tu as eu des nouvelles.

— Non. Ils l'ont emmenée au bloc il y a une demi-heure, donc ils commencent à peine. Ils ont dit que cela prendrait quelques heures, alors j'ai encore un peu de temps à attendre.

Edge se leva, tenant toujours sa main.

— Viens, alors. Autant aller nous chercher quelque chose à manger et peut-être un peu de café. Cela ne sert à rien de rester là à attendre alors que nous n'aurons pas de nouvelles avant un bon moment.

Pat savait qu'il avait raison, mais il ne voulait pas trop s'éloigner. Edge approcha la préposée, qui nota le numéro de Pat et lui dit qu'elle lui enverrait un message s'il y avait du nouveau, mais comme Edge le lui avait dit, il ne s'attendait pas à recevoir quoi que ce soit pendant un moment. Pat se laissa conduire hors de la zone d'attente jusqu'à la cafétéria. Il prit un peu de yaourt et du jus de fruits, ainsi qu'une énorme tasse de café. Edge prit aussi du café et ils s'assirent à l'une des tables presque sans un mot, ce qui n'était pas du tout gênant. Edge paraissait savoir que Pat était préoccupé et le laissait tranquille.

Pat se sentit un peu mieux après avoir mangé et emporta ce qu'il restait de son café dans l'affreuse salle d'attente avec l'art à-vous-en-retourner-l'estomac. Cette fois, il s'assit où il ne pouvait pas voir la monstrueuse chose et, juste comme avant, Edge s'assit à ses côtés.

— Tu sais qu'Evelyn est une battante et qu'elle va très bien s'en sortir.

— Elle m'a dit que ce qu'elle avait était plutôt mauvais.

Pat avait essayé d'intégrer cette information toute la semaine.

— Tu sais que la moitié du combat se passe dans la tête, et ta mère a un mental d'acier, donc fais-lui confiance.

Il prit une nouvelle fois la main de Pat et celui-ci se sentit mieux. Cela faisait du bien de savoir qu'il n'était pas seul. Edge semblait comprendre comment Pat se sentait.

— Evelyn va être là encore longtemps pour te rendre fou.

— Comment en sais-tu autant sur elle ?

Edge soupira.

— Pat, je ne suis pas son fils. Je n'ai pas de passé commun avec elle, donc j'écoute. Elle m'a dit qu'elle avait peur, mais qu'elle voulait être là pour voir sa petite-fille sortir diplômée de l'université.

— Ma mère te parle ?

Pat était stupéfait.

— Un peu. Comme je l'ai dit, je n'ai pas le même passif que toi avec elle, donc je peux écouter sans laisser mes émotions interférer avec ce qu'elle est en train de dire.

— Eh bien, je suis content qu'elle ait quelqu'un à qui parler.

Pat se détourna. Avait-il été un si mauvais fils que sa mère ne pouvait pas lui parler et préférait se confier à son ex… ou quoi que soit Edge en ce moment ? Pat n'était pas vraiment certain et il ne voulait pas mettre une étiquette dessus ou les choses finiraient par s'embrouiller.

— Ta mère a toujours eu quelqu'un, lui dit Edge. Et elle en aura toujours. Elle vous a toi et Emma.

107

La gorge de Pat se serra et il déglutit difficilement autour de la boule qui s'y était formée.

— Donc, arrête de t'inquiéter autant.

— Comment le pourrais-je ? Elle est en train de se faire opérer là-dedans. Et si quelque chose lui arrivait ?

— Cela va être dur pour elle, mais elle va traverser cette épreuve comme personne.

Edge lui serra une nouvelle fois la main et Pat s'appuya contre lui, fermant les yeux pour retenir les larmes de regret.

— C'est un des jours « une chose après l'autre ».

— Je suppose.

Pat se tut et trembla un peu alors que l'inquiétude prenait le dessus. Il arriva à se contrôler après un petit moment.

— M. Corrigan, dit doucement la préposée alors qu'elle approchait. On vient de m'informer que votre mère est sortie du bloc opératoire. Ils l'emmènent en salle de réveil et vous pourrez aller la voir dans quelques minutes.

Elle lui indiqua le chemin et Pat acquiesça. Il était tellement nerveux tout ce que la femme avait pu dire lui était passé au-dessus de la tête, mais Edge était calme pour lui et semblait savoir où ils devaient aller.

— Passe un peu de temps avec ta mère. Je vais rester là, lui dit Edge en lui serrant la main.

Pat acquiesça et entra. Sa mère était reliée à une perfusion et à des moniteurs, mais elle était réveillée au sens le plus large du terme.

— Maman, je suis là, dit Pat, la voix rauque.

Il lui prit la main et caressa doucement ses doigts pour qu'elle puisse sentir sa présence.

— Le chirurgien va venir vous voir bientôt, expliqua l'infirmière.

Pat hocha la tête sans détourner le regard du visage pâle et crispé de sa mère.

— Pat, murmura sa mère.

— C'est moi. Est-ce que tu as mal ?

Il se tourna vers l'infirmière et recula pour qu'elle puisse l'examiner et lui poser une tonne de questions à propos de la douleur.

Sa mère passa d'immobile à agitée sous ses yeux et l'infirmière injecta un médicament dans la perfusion pour la calmer.

— Est-ce mieux ? À combien situez-vous la douleur sur une échelle d'un à dix ?

— Quatre, répondit sa mère.

L'infirmière parut satisfaite et continua de surveiller ses signes vitaux. Elle lui demanda régulièrement d'évaluer la douleur et ajouta un peu plus de médicament à la perfusion quelques fois. Pat fit de son mieux pour ne pas la gêner et la laisser travailler.

— Edge est ici. Il s'est assis avec moi pendant que tu te faisais opérer.

— C'est un gentil garçon, murmura-t-elle. Toi aussi, mon chéri. Tu es un bon garçon et tu fais toujours ce qui est juste.

— Qu'est-ce que tu veux dire ? demanda Pat.

— C'est le traitement. Parfois, les gens deviennent un peu confus, expliqua l'infirmière. Tenez-lui simplement la main et soyez là pour elle. C'est la meilleure chose à faire. Elle va rester ici quelques heures, puis nous la ramènerons dans sa chambre.

— Je ne suis pas confuse, dit sa mère. Tu es un bon fils.

Elle lui serra la main, ferma les yeux et s'assoupit. Pat relâcha sa main et alla trouver Edge qui était assis à l'extérieur. Pat le saisit par la main et le conduisit à l'intérieur pour voir sa mère. Il y avait une chaise à côté du lit et Edge s'y installa.

— Je suis juste là.

Pat se sentait mieux du fait qu'Edge soit tout proche et qu'il n'était pas seul.

— M. Corrigan, je suis le Dr Swenson.

Il pencha la tête sur le côté et Pat le suivit. Edge se leva et resta avec la mère de Pat pour qu'elle ne soit pas seule si elle se réveillait.

— L'opération s'est relativement bien déroulée.

— Qu'est-ce que ça veut dire ? demanda Pat en tournant la tête pour regarder sa mère avant de revenir au docteur.

— Ça signifie que nous pensons avoir réussi à retirer toutes les cellules cancéreuses, mais c'est dur à dire pour nous. Son oncologue va probablement mettre en place un plan de chimiothérapie pour essayer d'éliminer ce qu'il pourrait rester. Nous pouvons être optimistes.

— Combien de temps va-t-elle rester à l'hôpital ? demanda Pat.

— Nous allons la garder quelques jours, puis elle aura besoin d'assistance pendant un moment.

Pat hocha la tête et se dit qu'il pourrait installer sa mère dans la chambre d'ami pendant quelques semaines, jusqu'à ce qu'elle soit assez rétablie pour rentrer à la maison.

— Merci pour tout.

— J'aimerais avoir des nouvelles plus concrètes à vous donner.

Il se tourna et partit. Pat le regarda s'éloigner pendant quelques secondes, puis retourna auprès de sa mère.

— Elle dort. Tous les médicaments la font un peu planer, lui dit Edge. Assieds-toi un moment.

Pat secoua la tête et prit la main de sa mère, l'inspectant soigneusement et souhaitant que les choses aient été différentes. Il sentit Edge derrière lui, une main sur son épaule. Pat se tourna et Edge l'attira dans une étreinte. Avec son visage niché contre l'épaule d'Edge, il se débarrassa enfin des regrets et du bagage affectif qui pesaient sur ses épaules, en tout cas en ce qui concernait sa mère. Elle était la personne qu'elle était, et elle avait fait de son mieux.

— Qu'est-ce que je vais faire si je la perds ?

— Ne t'en fais pas, murmura Edge en caressant ses cheveux. Tout finira par s'arranger. Elle est forte et c'est une battante. Donc, il faut dire ce qui est : elle t'a élevé, après tout, et tu peux être l'homme le plus têtu que j'ai jamais rencontré.

Pat leva la tête et rencontra le sourire d'Edge.

— J'aime ça chez toi.

— Merci d'être là.

— Où d'autre veux-tu que je sois ? demanda Edge.

Pat était juste reconnaissant d'avoir du soutien et quelqu'un qui se soucie vraiment de lui. Dès que cette pensée lui eut traversé l'esprit, une autre la suivit. Celle du secret qu'il gardait. Que ferait Edge s'il l'apprenait ? Pat pouvait seulement supposer que tout dire signifierait qu'il perdrait Edge et Emma.

ILS finirent par monter sa mère dans sa chambre. Le docteur l'ausculta et dit qu'il était probable qu'elle dormirait pour le reste de la journée et toute la nuit.

— Je vous suggère de rentrer chez vous et de vous reposer. Ce n'est pas un sprint qui va se finir rapidement. C'est un marathon. Nous avons fait l'opération et une fois qu'elle aura repris des forces, nous commencerons les traitements. Elle va avoir besoin de votre soutien et d'aide pendant un long moment.

Pat comprenait ça.

— Merci.

Il ne savait pas quoi dire d'autre et était prêt à partir. Sa mère dormait silencieusement et il avait besoin de se reposer aussi. Il n'avait pas dormi depuis des jours à cause de l'inquiétude.

— Viens. Dis-lui au revoir et tu pourras rentrer chez toi.

Edge enroula un bras autour de sa taille et Pat acquiesça.

Le docteur quitta la chambre et Pat alla jusqu'au lit de sa mère. Elle était effectivement endormie. Pat se pencha et lui dit un doux au revoir. Elle se réveilla en clignant des yeux et Pat lui expliqua qu'il partait, mais qu'il reviendrait à la première heure le lendemain matin.

— D'accord.

Les yeux de sa mère se refermèrent à nouveau et Pat quitta la chambre avec Edge. Il le suivit silencieusement hors de l'hôpital jusqu'à sa voiture.

— Est-ce que tu veux que je te suive jusque chez toi ? demanda Edge.

— Emma est là avec la baby-sitter, et…

Pat plaça ses doigts sur ses tempes pour diminuer le mal de tête qui s'installait rapidement.

— Est-ce que tu as une migraine ? demanda Edge.

Pat hocha la tête.

— Monte, dit-il tandis qu'il prenait les clefs de Pat et lui indiquait l'autre côté de la voiture. Je vais te ramener chez toi. Tu as mal et tu ne peux pas conduire comme ça. Combien de temps reste la baby-sitter ?

— Toute la journée, mais…

— Monte, répéta Edge.

Pat s'exécuta. Edge s'installa derrière le volant et, une fois que les portes furent fermées, il sortit du parking, traversa le pont et prit la direction du studio.

— Je dois rentrer à la maison pour Emma.

— L'un de nous pourra l'appeler une fois que nous serons arrivés. La baby-sitter s'occupe d'elle pendant encore quelques heures, n'est-ce pas ?

Edge se gara et sortit, puis conduit Pat jusqu'à son loft.

— Tu peux lui parler, mais tu ne feras aucun bien à Emma alors que tu ne te sens pas bien toi-même.

Edge le guida jusqu'à une petite chambre et Pat s'assit sur le bord du lit. Edge lui enleva ses chaussures.

— Allonge-toi.

Pat se sentait affreusement mal et avait besoin de quelque chose pour sa tête.

— Je vais aller te chercher un peu d'Advil et de l'eau.

Edge étendit une couverture sur lui et sortit, puis il revint avec un verre d'eau et une poignée de cachets. Pat en prit quatre, les avala avec l'eau et se rallongea. Edge tira les rideaux, assombrissant la chambre autant que possible.

— Je serai juste à côté si tu as besoin de moi. Dors. Je vais appeler pour vérifier qu'Emma va bien.

Pat était à peine capable de réfléchir tellement sa tête lui faisait mal. Il ferma les yeux et les garda fermés. Il sentit Edge se pencher au-dessus du lit et l'embrasser doucement sur le front. Edge quitta la chambre et ferma la porte. Pat se sentit coupable d'être là au lieu d'être à la maison pendant deux minutes, mais il était trop fatigué et mal en point pour y penser plus longtemps. La baby-sitter était censée rester toute l'après-midi et Pat serait de très mauvaise compagnie avec n'importe qui vu comment il se sentait, donc il décida de laisser ces pensées de côté pendant quelques heures et d'essayer de se débarrasser de la vive douleur qui lui vrillait la tête.

Il resta allongé, immobile, jusqu'à ce que la douleur diminue, puis il s'endormit. Il savait que c'était la seule chose qui pourrait le soulager.

PAT se réveilla un peu plus tard, étourdi, se demandant où il était. La douleur dans sa tête était partie, Dieu merci, et il repoussa la couverture, se rappelant alors qu'il était chez Edge. Lentement, Pat s'assit, s'assurant que la douleur dans sa tête ne revenait pas. Il paraissait aller bien pour le moment et il se leva. Pat ne prit pas la peine de mettre ses chaussures et ouvrit la porte.

Edge était debout devant son chevalet, en face d'une large fenêtre, en train de travailler. Il était torse nu et intensivement absorbé par sa toile. Pat le regarda travailler, avec des mouvements fluides et gracieux, presque comme s'il dansait avec sa toile.

Pat n'avait pas oublié, mais avait repoussé dans un coin de sa tête à quel point Edge était incroyable. Sa taille était étroite et ses épaules larges. De dos, il donnait une impression de puissance contenue. Ses muscles ondulaient sous sa peau brillante de sueur. Pat inspira doucement, prenant conscience de l'odeur de sueur et, s'il ne se trompait pas, d'excitation. Cela le rendit curieux, donc il s'avança pour jeter un coup d'œil sur ce sur quoi Edge travaillait.

Pat retint un petit cri de surprise quand il vit la toile. C'était lui, nu. Mais, pas le lui de maintenant… c'était une version plus jeune de lui, avec des yeux intenses et des lèvres pleines.

— Est-ce que tu peins le moi dont tu te souviens ? demanda Pat.

Edge ne s'arrêta pas de travailler et, au début, Pat se demanda s'il l'avait entendu.

— Non.

Edge continua d'appliquer la peinture tandis que Pat se rapprochait encore.

— C'est le toi que je vois chaque fois que je te regarde.

— Mais, ce n'est pas moi. Je ne suis plus aussi jeune.

113

— Si tu l'es. C'est ce que je vois quand je te regarde. Les yeux aussi brillants et magnifiques que le ciel d'été, et la peau aussi pâle et parfaite qu'un tapis de neige.

— Je suis pâle et blanc. Je l'ai toujours été, presque blafard.

— Non. Quand tu dis ça, on dirait que c'est une mauvaise chose.

Edge continua de travailler, ses coups de pinceau devenant plus petits, ajoutant des minuscules détails.

— Comme je l'ai dit, c'est ce que je vois quand je te regarde. Si je ferme les yeux et me souviens d'une image de toi, c'est ce que je vois. Et quand tu es au lit avec moi, que je te regarde dormir, c'est ce que je vois.

— Tu m'as regardé dormir ?

— Oui. J'étais inquiet et je suis venu te voir pour m'assurer que tu allais bien. Et puis, j'ai dormi avec toi l'autre nuit, et parfois je fais de l'insomnie. Quand je suis ici, je travaille, mais je ne voulais pas te déranger, donc je t'ai regardé dormir pendant un moment.

Edge posa un pinceau et en prit un autre, son attention toute à son travail. Pat se rapprocha pour mieux voir et regarda par-dessus l'épaule d'Edge pour essayer de ne pas le gêner.

Alors qu'il se rapprochait, Pat sentait l'énergie sortir d'Edge par vagues. Cela l'incita à se rapprocher encore plus. Il finit par toucher doucement l'épaule d'Edge, puis fit descendre ses mains le long de son dos et sur ses flancs.

— Est-ce que je t'ai dit à quel point tu es sexy ? murmura Pat contre l'omoplate d'Edge avant de l'embrasser.

Il sentit Edge s'immobiliser et devint donc plus audacieux, glissant ses mains sur son ventre bien défini.

— Peut-être, mais ça fait toujours plaisir à entendre.

— Est-ce que tu veux que j'arrête ? demanda Pat en immobilisant ses mains errantes. Je sais que tu essaies de travailler et…

Le son du bois contre du bois retentit lorsqu'Edge posa son pinceau. Pat prit ça pour un non et glissa ses mains plus bas jusqu'au bord du short d'Edge. Il le déboutonna, baissa la fermeture éclair et écarta le tissu, qui tomba facilement au sol. Edge était debout, ne bougeant pas, nu en face de lui.

— J'espère que personne ne peut voir à l'intérieur, grogna Pat, prenant dans la paume d'une de ses mains les lisses et lourds testicules d'Edge et encerclant son érection de l'autre.

— Nope, grogna Edge pendant que Pat commençait à le caresser lentement. Je…

— Tu ne bouges pas, dit Pat enlevant ses doigts des testicules d'Edge, utilisant cette main pour ouvrir son propre jean et le faire descendre, suivi de ses sous-vêtements.

Sa verge maintenant libre pulsa et il la pressa contre les fesses d'Edge, soulevant sa chemise pour l'enlever, relâchant l'érection d'Edge aussi peu que possible.

Il savait qu'ils faisaient un sacré tableau, le pantalon autour des chevilles, mais Pat s'en fichait. Il se pressa contre Edge, agrippant à nouveau fermement son érection, le caressant alors qu'il se frottait contre les fesses fermes d'Edge.

— Bon sang, Pat…

— Tu veux que j'arrête ?

— Bon Dieu, non. N'y pense même pas…

Edge recula les hanches et serra les fesses autour de l'érection de Pat. C'était sacrément excitant. Edge se relâcha dans un ferme flot de gémissements alors qu'il tremblait de désir réprimé. Pat était extrêmement excité par la réaction d'Edge. Il le masturba plus vite, l'agrippant plus fermement, tournant légèrement le poignet quand il atteignait la tête de son érection, sachant que cela rendrait Edge complètement fou.

— Je ne vais pas m'arrêter, mais tu dois lâcher prise pour moi.

Pat mordit légèrement l'épaule d'Edge tandis que des picotements commençaient à fourmiller à la base de sa colonne vertébrale.

— J'ai besoin que tu jouisses, Edge. J'y suis presque et tu es si sexy. J'aime te sentir contre ma main et, la prochaine fois, je veux ce vilain garçon tout au fond en moi. Tu te rappelles comment j'avais l'habitude de te faire crier jusqu'à ce que ta voix devienne rauque ? Je veux être celui qui crie.

Pat vibrait rien qu'à y penser et Edge eut la même réaction. Ses jambes tremblaient et Pat aimait être capable de faire frémir et trembler le fort et confiant Edge. C'était palpitant d'avoir ce genre de pouvoir.

— Je m'en souviens. On était tellement bruyants que l'on avait fait fuir les voisins de notre dernier appartement.

Edge se tendit et se mit à respirer par saccades. Il devait être proche. Pat fit courir sa main en remontant du ventre d'Edge jusqu'à son torse et referma ses doigts sur un téton. Il le pinça légèrement et les gémissements d'Edge devinrent plus intenses et urgents.

— Doux Jésus !

— C'est ça. Je suis là avec toi. Alors, laisse-toi aller, insista Pat juste avant que sa dernière once de contrôle lui échappe.

Pat tomba dans l'abysse, immédiatement suivi par Edge. Pat n'osait plus bouger, reposant sa tête contre l'épaule d'Edge, respirant fortement.

— Seigneur !

— Tu peux le dire, confirma Edge en s'appuyant contre lui. Je vais bientôt m'effondrer.

Ils traînèrent des pieds à travers la pièce jusqu'à ce qu'ils atteignent une chaise et Pat fit s'asseoir Edge. Ses propres jambes le soutenaient à peine et Edge l'attira sur ses genoux.

— C'est mieux.

— Si tu le dis. Pat était ravi et savait qu'ils avaient tous les deux l'air complètement débauchés, assis cul nu sur la chaise, leurs pantalons autour des chevilles, tous les deux couverts de sueur et puant le sexe.

C'était le paradis.

— Nous devrions nous laver pour ne pas finir collés l'un à l'autre, mais je ne pense pas que je puisse bouger pour le moment.

Pat enroula ses bras autour du cou d'Edge et reposa sa tête contre son torse ferme, fredonnant son accord.

— Est-ce que ça veut dire que tu m'as pardonné ? demanda Edge.

— Oui, je pense que je t'ai pardonné depuis un petit moment, mais mon égo et mon entêtement ne m'autorisaient pas à l'admettre.

Pat ne souhaitait absolument pas bouger pour le moment. Il était joyeusement épuisé.

— Je vais bientôt devoir y aller. Il se fait probablement tard et Emma risque de s'inquiéter.

Pat se leva sans enthousiasme.

— Allons nous laver et je ramènerai pour que tu récupères ta voiture.

PAT dit au revoir à Edge à contrecœur sur le parking de l'hôpital, puis entra dans le bâtiment. Sa mère dormait toujours, donc il s'assit avec elle pendant quelques minutes, puis repartit. Il appela Emma pour lui faire savoir qu'il était en route et qu'il serait bientôt à la maison. Apparemment, Mélanie et elle étaient en train de construire des forts dans le salon et Pat se demandait dans quoi il allait mettre les pieds en rentrant à la maison. Mais, à son arrivée, la maison était impeccable et Emma se rua vers lui.

— Comment va mamy ? l'interrogea-t-elle en lui faisant un câlin.

— Elle dort en ce moment.

— Est-ce qu'elle va aller bien ?

Pat la prit dans ses bras et la porta jusque dans la cuisine, où Mélanie était en train de nettoyer les comptoirs.

— Merci, lui dit Pat.

— Est-ce que mamy va aller bien ? demanda Emma avec insistance.

— Désolé, ma puce. Mamy va bien, mais elle va devoir prendre des médicaments. Nous devons tous être gentils avec elle et essayer de l'aider à aller mieux. D'accord ?

Pat essayait d'être le plus doux possible.

— Peut-être que dans quelques jours, quand elle se sentira mieux, tu pourras aller la voir.

— D'accord, Poppy.

Elle l'étreignit, reposant sa tête sur son épaule.

— Elle s'est inquiétée toute la journée, lui dit Mélanie.

117

C'était une fille brillante qui rentrait à la maison de l'université, où elle étudiait pour devenir institutrice, et Pat se considérait chanceux d'avoir quelqu'un comme elle pour s'occuper d'Emma.

— Merci de l'avoir gardée. Nous espérons tous que tout ira bien.

— Moi aussi. Emma et moi avons fait des dessins pour elle que j'ai déposés sur votre bureau. Peut-être qu'Emma peut vous les montrer et vous pourrez les lui apporter.

Elle accrocha le torchon et rassembla ses affaires. Pat la paya et la raccompagna jusqu'à la porte. Puis, il se prépara à faire quelque chose à manger à Emma pour le dîner, ce qui était plus difficile parce qu'elle paraissait contente seulement si elle s'agrippait à lui comme une sangsue.

— Va te laver les mains et tu pourras m'aider à préparer le dîner.

Les bras de Pat fatiguaient. Il posa Emma au sol et elle s'éloigna en traînant des pieds pour faire ce que Pat lui avait demandé.

Pat attrapa son téléphone quand il sonna.

— Salut, Edge, dit-il avec toute l'énergie qu'il parvint à rassembler, ce qui était pathétiquement peu.

— Emma t'en fait voir de toutes les couleurs ?

— Oui. Elle est inquiète et je pense qu'elle se sentira mieux une fois qu'elle l'aura vue, mais, en attendant, elle a besoin d'être rassurée.

— Est-ce que c'est M. Edge ? demanda Emma quand elle revint dans la cuisine.

Pat hocha la tête et elle tendit la main pour avoir le téléphone.

— Juste une seconde, dit Pat avant de le lui tendre.

— Salut. Est-ce que tu vas me raconter une autre histoire ce soir ? demanda Emma d'un air sérieux.

Pat se demanda ce qu'Edge avait bien pu lui dire quand elle sourit. Oh… Son expression devint plus intense.

— D'accord.

Elle lui rendit le téléphone et sautilla hors de la cuisine, ayant de toute évidence oublié qu'elle était censée l'aider à faire le dîner tellement elle était enthousiaste.

118

— Désolé, dit Pat. Apparemment tes histoires sont populaires en ce moment. Qu'est-ce que tu lui as dit ?

— J'ai dit que si tu étais d'accord, je lui raconterais une histoire. Il ne me faut que quelques minutes pour venir.

— Bien sûr. Elle va être vraiment tendue.

— Écoute, ça me fait plaisir de t'aider.

Pat se sentait plus qu'un peu stupide.

— Est-ce que tu travailles ?

— J'ai arrêté il y a quelques minutes. J'ai fini de nettoyer et j'ai pensé qu'il fallait que je m'assure que tout allait bien.

— Est-ce que tu vas vraiment venir lui raconter une histoire ? demanda Pat, ce à quoi Edge répondit qu'il le ferait. Je suis en train de préparer le dîner, donc tu peux venir manger avec nous si tu veux. Ça ferait plaisir à Emma.

— Et à toi ?

— Bien sûr que j'aimerais que tu viennes.

Pat avait essayé de trouver comment minimiser le contact entre Edge et Emma. Il essayait de comprendre comment arranger les choses avec Edge et il voulait protéger Emma jusqu'à ce qu'il soit certain de la façon dont les choses allaient tourner, mais, apparemment, Emma s'était déjà fait son avis à propos de M. Edge et il y avait peu d'intérêt à le garder loin d'elle.

— Sois là dans une demi-heure. Ce n'est rien d'exceptionnel.

— Je serai là.

Edge raccrocha et Pat se remit à réfléchir à quoi faire à manger. Edge arriva et eut droit à un accueil en fanfare de la part d'Emma, puis elle le conduisit jusqu'à la table où elle s'assura d'être assise entre eux deux. Une fois que le dîner fut fini, Pat nettoya et Emma emmena Edge dans le salon pour avoir son histoire.

— Tu devrais te préparer à aller au lit d'abord, lui dit Pat. Donc, va prendre ton bain. Je vais monter t'aider et, une fois que tu seras lavée, Edge pourra te raconter une histoire.

Pat se sentait un peu mis de côté. Il avait l'habitude d'être celui qui s'occupait des histoires du soir, mais son rôle semblait avoir été usurpé.

— D'accord, accepta-t-elle à contrecœur en se dirigeant d'un pas lourd vers la salle de bain.

Pat entendit l'eau couler. Il vérifia la température et s'assura que tout était en ordre pendant qu'Emma allait chercher ses affaires pour le bain. Une fois que Pat annonça que l'eau était bonne, il ferma le robinet et elle monta dans la baignoire.

— Je reviens dans quelques minutes. En attendant, lave-toi les cheveux et le visage.

— Poppy, je ne suis pas un bébé, le gronda-t-elle.

Pat la laissa dans la baignoire et alla sortir son pyjama. Il resta proche et écouta les bruits d'éclaboussures. Cela prit plus longtemps que d'habitude parce qu'Emma semblait résolue à traîner des pieds, mais elle finit par se rincer, s'essuyer et se mettre en pyjama, puis ils rejoignirent Edge dans le salon.

Emma sauta sur le canapé et se nicha sous la légère couverture.

— Je suis prête.

— Apparemment Sa Majesté attend son histoire, commenta Pat. Je pense que tu as commencé quelque chose et, maintenant, la tête de quelqu'un a les chevilles qui enflent de plus en plus.

Edge commença l'histoire et Pat écouta pendant quelques minutes avant que son téléphone sonne une nouvelle fois. C'était le numéro de sa mère et il alla dans la cuisine pour répondre.

— Maman ?

— Est-ce que tu es revenu ? demanda-t-elle d'une voix très faible.

— Oui. Tu dormais et je n'ai pas voulu te réveiller. As-tu toujours mal ?

Elle avait l'air d'être en train de pleurer.

— Oui, répondit-elle.

— Alors, appuie sur le bouton pour appeler l'infirmière et ils vont t'aider.

Pat attendit.

— Est-ce que tu l'as fait ?

— Oui.

Il attendit encore et écouta tandis que quelqu'un parlait à sa mère.

— Est-ce mieux ?

Il entendit le téléphone crépiter.

— Allô, dit une voix étrange.

Pat supposa que c'était une infirmière.

— C'est le fils d'Evelyn au téléphone, Patrick. Est-ce qu'elle va bien ?

— Je suis Marlie, l'infirmière de garde pour votre mère. Elle va bien, mon petit. Parfois, les médicaments rendent un peu confus. Je lui ai donné quelque chose pour la douleur et elle va probablement s'endormir dans quelques minutes.

— Est-ce que je devrais venir ?

— Je ne pense pas. Ses yeux commencent déjà à se fermer. Elle aura certainement les idées plus claires demain matin.

Pat se détendit et remercia l'infirmière avant de raccrocher, posant son téléphone sur le côté. Il était prêt à y aller, juste pour s'assurer qu'elle allait bien, mais l'infirmière avait raison. Sa mère était certainement déjà endormie et le resterait probablement le reste de la nuit.

Il rejoignit Emma et Edge dans le salon alors que l'histoire se terminait.

— C'est l'heure pour toi d'aller au lit. Tu vas au centre aéré, demain matin, et tu vas vouloir être reposée pour pouvoir jouer avec tes amis.

Emma aurait pu aller au centre aéré, aujourd'hui, mais Pat avait pensé que c'était mieux qu'elle reste à la maison au cas où quelque chose serait arrivé à sa mère. Toute cette histoire le mettait dans un état de nervosité qui ne semblait pas vouloir disparaître.

— Je veux rester à la maison avec toi, déclara Emma et Pat grogna doucement.

— Je dois aller voir ta grand-mère et il est trop tôt après l'opération pour que tu m'accompagnes. Je dois aussi travailler pour pouvoir nous nourrir tous les deux. Alors, va au lit, s'il te plaît, et je viendrai te border. Tu passeras une bonne journée avec tes amis, demain.

Cela lui ferait du bien.

— Poppy, pleurnicha Emma.

— Allez, fit-il en la soulevant du canapé. C'est l'heure pour toi d'aller dormir.

Elle s'enroula autour de lui et Pat la porta jusque sa chambre.

Il la déposa sur son lit et Emma rampa sous les couvertures.

— Quand est-ce que je pourrai voir mamy ?

— Dans quelques jours.

Pat remonta les couvertures et s'assura qu'elle était confortablement installée.

— Je vais demander au docteur, demain, quand je le verrai. Maintenant, tu dois faire dodo.

Emma hocha la tête.

— Est-ce que toi et M. Edge allez faire une soirée pyjama ?

Pat marqua une pause.

— D'où est-ce que tu sors cette idée ? demanda-t-il avec un sourire avant de la chatouiller pour la distraire.

— Tu aimes bien M. Edge, non ? Marcie dit que quand deux adultes s'aiment bien, ils font des soirées pyjama. Enfin, c'est ce que Marcie dit que sa mère lui a dit.

Pat grogna et nota mentalement de tenir sa fille loin de cette Marcie et de sa famille, si c'était ne serait-ce que possible.

— M. Edge est venu pour dîner et te raconter une histoire. Maintenant, va faire de beaux rêves. À demain matin.

Il se pencha pour lui faire un câlin et un bisou avant d'éteindre les lumières et de sortir de la pièce.

— Emma a demandé si nous allions faire une soirée pyjama, dit-il tranquillement alors qu'il entrait dans le salon.

Il s'assit à côté d'Edge sur le canapé et se nicha contre lui. Edge mit un bras autour de lui, atténuant la tension et l'inquiétude qui s'étaient accumulées ces derniers jours.

— Tu as enduré beaucoup de choses ces derniers temps. Avec Emma malade et maintenant ta mère.

Edge leva son menton afin qu'il puisse le regarder dans les yeux.

— Je sais que je t'ai couru après de façon assez insistante et j'espère que je n'ai pas rajouté à ce stress. Tu me connais. Si je veux vraiment quelque chose, je fonce.

Pat retint le commentaire méchant qui lui vint à l'esprit.

— Je suis vraiment désolé pour ce qui s'est passé il y a des années, et si je pouvais revenir en arrière, j'aime penser que je ferais les choses différemment. Mais, je suis content que tu ne l'aies pas fait. Emma est une petite fille incroyable et…

Pat se rapprocha et laissa Edge l'embrasser. Ce qui commença doucement devint rapidement plus passionné et les quelques derniers neurones fonctionnels de Pat l'avertirent qu'ils ne pouvaient pas faire ça ici, à la vue de tous. Emma pouvait se lever et Pat ne voulait pas à avoir à lui expliquer ce qu'était le sexe, pas encore en tout cas.

— Éteins les lumières, murmura Pat après s'être reculé.

Edge tendit le bras vers la lampe près de lui et l'éteignit. Pat fit la même chose de son côté, plongeant la pièce dans le noir. Pat alluma la télévision, gardant le volume bas, et ils ignorèrent pratiquement ce qui passait, préférant se murmurer des choses à l'oreille. Pat était à deux doigts de reconnaître à voix haute la profondeur des sentiments qui avaient ressurgi en lui. Il vit l'amour dans les yeux d'Edge et, même s'il ne dit pas non plus les mots, Pat savait que le sentiment était là… il le sentait tout au fond de lui. Il reposa sa tête sur l'épaule d'Edge, agrippant fermement son bras. Pour le moment, il était satisfait de savoir comment ils se sentaient.

La maison resta silencieuse, sans aucun bruit de petits pas. Chaque seconde qui passait, Pat devenait plus nerveux et son cœur battait un peu plus rapidement.

— Tu as l'air prêt à éclater. Es-tu toujours comme ça ou c'est moi ? Je sais que tu es inquiet pour ta mère…

Pat fit taire Edge avec un baiser, se tournant sur le canapé et se mettant à genoux pour pouvoir presser Edge contre les coussins.

— Je vois, grogna Edge quand ils se séparèrent pour respirer.

— Fais-moi juste oublier pendant un moment. D'accord ?

Edge acquiesça et se glissa de sous lui, puis lui prit la main et le conduisit dans sa chambre, fermant la porte derrière eux.

— Je vais faire de mon mieux.

Le verrou s'enclencha et Pat soupira alors qu'il relâchait le souffle qu'il retenait. Ils étaient en sécurité à l'intérieur de la pièce.

— Tu dois être silencieux en revanche.

Edge avait déjà remonté la chemise de Pat et la tira par-dessus sa tête. Pat laissa s'envoler ses inquiétudes au sujet de sa mère et ses responsabilités de père, se laissant être aimé et choyé. Son esprit arrêta de courir d'une angoisse à l'autre et il s'agrippa à Edge, puis tomba en arrière sur le lit. Pat n'était pas certain, mais il savait ce qu'il ressentait. Tout faire par lui-même était sacrément dur et, pendant un moment, il se laissa espérer que, peut-être, il aurait ce qu'il avait voulu à l'origine.

LA pièce était plongée dans l'obscurité la plus complète quand Pat se réveilla au milieu de la nuit. Il devait aller aux toilettes et il repoussa les couvertures. Pat était seul. Edge lui avait dit qu'il se lèverait et partirait tôt pour qu'Emma ne le voie pas ici dans la matinée.

— Ce n'est pas la peine qu'elle voit trop de changement d'un coup, avait dit Edge après l'avoir embrassé doucement.

Puis, Edge l'avait tenu jusqu'à ce que Pat s'endorme. Pat supposa qu'Edge était parti peu de temps après. Il ouvrit sa porte et écouta, mais la maison était complètement silencieuse. Il utilisa les toilettes et remarqua une faible lumière venant du salon. Il se dirigea vers elle, se demandant si Edge était toujours ici et s'était simplement levé parce qu'il n'arrivait pas à dormir.

La pièce était vide et, quand Pat s'approcha pour éteindre la lumière, il remarqua l'un des albums photo qu'il gardait sur l'étagère en dessous de la table basse posé sur cette dernière. C'était l'un des albums qui contenait les photos d'Emma bébé et, alors que Pat tendait la main pour le prendre, il fut assailli par la culpabilité. Il était en train de tomber amoureux d'Edge et il ne lui avait pas dit la vérité à propos d'Emma. Il savait qu'il devait trouver un moyen pour gérer ça. Garder le secret devenait de plus en plus dur, mais le dire à Edge lui faisait une peur bleue parce qu'il savait qu'il allait tout perdre. Pat s'assit sur le canapé, serrant l'album contre son torse, et se demanda ce qu'il était bien censé devoir faire.

Chapitre Six

SA mère était endormie quand il entra dans sa chambre, mais elle ne le resta pas longtemps.

— Salut, Pat. Comment va Emma ? demanda-t-elle en ouvrant les yeux.

— Elle t'envoie ça.

Emma lui avait fait d'autres dessins ce matin et avait demandé à Pat de jouer les messagers. Il les lui tendit et elle regarda les dessins avec un sourire radieux malgré son inconfort.

— Comment tu te sens ?

— J'ai un peu mal, mais pas autant que ce à quoi je m'étais attendue.

Elle bougea et Pat l'aida à s'installer plus confortablement.

— Est-ce que tu pourrais amener Emma me voir ?

Sa voix devint rauque, Pat lui donna un verre d'eau du plateau et elle en but un peu avec une paille.

— Quand je verrai le docteur, je m'assurerai que c'est possible. Elle a demandé à te voir.

Pat s'assit en soupirant.

— Est-ce que tu vas bien ? Je me sens mal, mais tu as presque l'air pire. Tu n'es pas malade… ?

— Non, maman. Je vais bien. Je n'ai pas beaucoup dormi la nuit dernière.

— Si tu t'inquiètes pour moi, ce n'est pas la peine. Je vais bien aller et je battrai cette foutue maladie même si je dois utiliser un bâton pour ça.

C'était sa mère tout craché.

— Bien sûr que j'étais inquiet, mais…

Elle lui prit la main ; il ne se rappelait pas l'avoir jamais sentie aussi frêle. Il détestait la voir comme ça. Sa mère avait été beaucoup de choses, mais elle était toujours forte.

— Il y a quelque chose d'autre. Est-ce que cela a un rapport avec Emma ?

Pat hocha de la tête et essaya dur comme fer de ne pas s'effondrer.

— Maman, je…

— Mon chéri, je sais.

— Vraiment ?

— J'ai toujours su. Edge et toi aviez prévu d'avoir Emma et il est parti. Tu m'as dit que vous prévoyiez qu'Edge soit le père biologique et tu as continué le plan. Tu n'as jamais rien dit, mais j'ai toujours suspecté que tu avais fait ça parce que tu le devais. Je t'ai demandé d'attendre et d'y réfléchir, et tu as dit que tu devais le faire. Mais…

— Maman, qu'est-ce que je fais ?

— Je n'ai pas la réponse à ça, déclara-t-elle en lui tapotant la main. Que s'est-il passé exactement ?

— Nous avions tout prévu et la mère porteuse était prête. Il avait signé tous les papiers, donc le docteur a mis en route la procédure, et j'allais dire à Edge que nous allions être parents quand il m'a dit qu'il partait. Qu'est-ce que j'étais censé faire ? Il était parti et le bébé était déjà en route. Aurais-je dû lui dire et essayer de le retenir ?

— Je ne sais pas, mon cœur. Tu étais entre le marteau et l'enclume. Mais, oui, tu aurais probablement dû lui dire et le laisser décider lui-même ce qu'il voulait faire.

— Et s'il était quand même parti et avait pris Emma avec lui ? demanda Pat en se penchant sur le lit, laissant ses larmes couler. J'ai tout foiré.

— Oh, mon chéri.

Elle lui tapota la tête et Pat se demanda ce qu'il allait bien pouvoir faire.

— Il est parti pendant neuf ans et je pensais que je ne le reverrais jamais, que rien de tout ça n'importerait. Mais, ensuite, il est revenu en ville… et je suis retombé amoureux de lui.

Pat pouvait à peine respirer et arrêta de parler.

— Si je ne lui dis pas, je laisse un énorme mensonge s'immiscer entre nous, prêt à nous exploser à la figure. Et si je le fais, je vais le perdre, et il prendra Emma parce que je ne suis pas son père biologique et que, d'après la loi, je n'aurais aucun droit sur elle.

Pat pensa que son cœur allait exploser d'une seconde à l'autre.

— Mon cœur, je dirais que tu t'es mis dans une situation difficile. Mais, je peux te dire ceci : si tu décides de poursuivre ta relation avec lui, il va finir par l'apprendre. Donc, de mon point de vue, tes choix sont de le quitter et probablement de quitter la ville comme il l'a fait. Tu vas devoir te couper de ta vie actuelle…

— Et le perdre.

— Oui. Ou tu peux tout lui dire et repartir du bon pied. Je pense que ce serait plus facile, et Edge sera plus raisonnable et compréhensif si tu lui dis plutôt que s'il le découvre d'une autre manière.

— Je sais. Mais, comment je lui annonce que ma fille est en réalité sa fille ?

Pat se sentait mal. Il déglutit et respira calmement par le nez pour calmer la nausée.

— Avec compréhension, soin, délicatesse et plein d'alcool.

Elle tourna la tête sur l'oreiller et lui sourit.

— Depuis combien de temps es-tu au courant, maman ?

— Presque depuis le début, je crois. Les choses sont allées si vite, et je ne voulais pas penser que le bébé était la fille d'Edge, mais cela n'importait finalement pas. Tu étais inscrit comme le père sur l'acte de naissance et Edge était sorti de ta vie. Je pensais comme toi... qu'il serait parti pour toujours.

— Alors, pourquoi l'avoir encouragé ? Et moi, par la même occasion ?

Pat se redressa et s'essuya les yeux.

— Parce que je savais que tu avais toujours des sentiments pour lui, même si toi tu ne le savais pas. Et je n'étais pas certaine qu'elle soit sa fille jusqu'à ce que je les voie tous les deux. Ils se ressemblent tellement, mais je ne pense pas que quelqu'un pourrait faire le rapprochement à part moi et peut-être ses parents.

— Ils sont morts, depuis longtemps.

— Alors, tu peux garder ton secret, si tu veux. Ce n'est pas à moi de le révéler, donc je ne dirai rien. Mais, être honnête est la meilleure solution. Tu le sais.

Pat acquiesça d'un hochement de tête.

— Et si on perd Emma ? Je ne pense pas que mon cœur pourrait le supporter. Et le tien ? demanda Pat et sa mère ferma les yeux.

— Emme sera toujours ta fille, même si Edge ne le voit pas. Être parent, c'est élever un enfant et en prendre soin. Être debout à toutes heures de la nuit et l'inonder d'amour. Ce n'est pas livré avec un manuel ou un livre de règles. Alors, je sais que tu prendras la meilleure décision.

Elle lui tapota la main, puis Pat l'aida à boire un autre verre d'eau et, ensuite, elle ferma les yeux une fois de plus.

Pat s'assit avec elle pendant une heure jusqu'à ce que le docteur vienne.

— Comment vous sentez-vous ? Est-ce que la douleur s'atténue ?

— Oui.

Il tira le rideau et Pat s'assit à l'extérieur pour donner à sa mère un peu d'intimité pendant qu'elle se faisait ausculter.

— Nous allons vous faire passer quelques tests, mais, jusqu'à présent, ce que nous avons pu observer est encourageant. Les infirmières vont vous prendre un peu de sang et, demain, nous commencerons. Puis, nous vous laisserons vous reposer et récupérer.

— Très bien.

— Vous guérissez bien, ce qui est toujours un bon signe, et, à part ça, vous semblez forte. Ça et votre état d'esprit auront un impact significatif.

Il rouvrit le rideau et Pat s'approcha du bord du lit.

— J'aimerais amener sa petite-fille pour venir la voir. Elle a huit ans.

— Tant qu'elle n'est pas malade, je pense que c'est une bonne idée.

Le docteur partagea un sourire avec la mère de Pat, puis quitta la pièce. Pat s'assit et tint compagnie à sa mère une heure de plus, puis lui dit au revoir et rentra chez lui. Il avait une date limite à respecter et il lui faudrait le reste de la journée pour faire ce qu'il devait faire. Quand il arriva chez lui, Pat alla tout droit à son bureau et passa le reste de la journée à essayer de travailler. Il fit quelque progrès, mais il ne cessait de penser à Emma et Edge et à ce qu'il allait essayer de dire.

LE lendemain, après le centre aéré, il emmena Emma à l'hôpital pour voir sa grand-mère et toutes les deux bavardèrent comme des pipelettes. Emma, bien sûr, avait encore plus de dessins pour elle. Pat passa la plupart de la visite assis sur la chaise, écoutant Emma raconter à sa mère tout ce qu'il s'était passé durant les derniers jours.

— On va aller nager la semaine prochaine au centre aéré et je peux emmener quelqu'un. Est-ce que tu peux venir ? demanda Emma.

— Je ne sais pas, ma puce. Je sais que je ne peux pas venir dans l'eau avec toi. Mais, si je m'en sens capable, je viendrai.

C'était assez bien pour elle et Emma câlina doucement sa grand-mère, qui regarda dans sa direction par-dessus l'épaule d'Emma. Pat acquiesça lentement. Il devait le dire à Edge. Il n'y avait rien à faire d'autre. S'il voulait une quelconque relation avec lui, Pat devait être honnête, et il se résolut à lui dire la vérité la prochaine fois qu'ils se verraient. Pat soupira, se sentant mieux, et retourna participer à la conversation.

— Est-ce que tu es contente que mamy aille mieux ? demanda Pat à Emma.

— Oui, fit-elle d'un air radieux. Quand est-ce que tu seras à la maison ?

— Eh bien, le docteur dit que mamy va avoir besoin d'aide quand elle sortira de l'hôpital, donc, si tu es d'accord, mamy pourrait rester avec nous à la maison pendant quelques jours.

Pat n'était pas certain de la réaction de sa mère, mais Emma leva les bras au ciel comme si elle avait gagné un concours.

— Je pense qu'on peut prendre ça comme un oui.

— Es-tu certain, Pat ?

— Bien sûr que je suis certain. Tu ne peux pas rester toute seule pour l'instant et je suis à la maison pendant la journée. Les week-ends, l'infirmière Emma, ici présente, sera là pour aider. Cela devrait être seulement pour une semaine, voire dix jours, mais cela permettra d'assurer que tu récupères bien et que tu te ménages.

Il connaissait sa mère. Ce n'était pas le genre de femme qui reste tranquille.

— J'ai peur que si on te laisse rester chez toi, tu essaies de sortir dans le jardin.

Elle souffla et Pat sut qu'il avait raison.

— Contente-toi de te reposer et nous ferons tout notre possible pour que tu ailles mieux. Je pense que c'est soit ça soit un centre de rééducation.

Sa mère frissonna et fit une grimace.

— Alors, c'est à la maison avec Emma et moi.

Emma se rapprocha de sa mère.

— Quel secret ? demanda-t-elle en réponse à ce qu'Emma venait de lui dire.

— M. Edge et Poppy ont fait une soirée pyjama.

— Vraiment ? demanda-t-elle en se tournant vers lui.

Pat rougit, mais ne daigna pas s'abaisser à répondre au commentaire d'Emma avec des mots.

— Comment tu le sais ?

— Je me suis levé pour aller au petit coin et j'ai vu M. Edge aller dans le salon. Il était en sous-vêtements, chuchota Emma. Ils s'aiment bien.

Elle fit un grand sourire et Pat la souleva du lit, puis la remit sur ses pieds.

— Ne rapporte pas, jeune fille, dit sa mère. Même si c'est vrai.

— Oui, mamy, dit Emma en baissant un peu la tête.

— Nous devrions y aller et laisser mamy dormir. Dis-lui au revoir et on s'arrêtera manger une glace en rentrant à la maison.

Pat laissa Emma étreindre et embrasser sa mère avant qu'il lui dise au revoir, puis dirigea Emma vers l'ascenseur.

— Est-ce qu'on peut appeler M. Edge ? Je l'aime bien.

Elle appuya sur le bouton et regarda autour d'elle.

— Tu l'aimes bien aussi, n'est-ce pas, Poppy ?

Il ne s'attendait pas à avoir cette conversation dans un couloir d'hôpital.

— Oui.

Mince, cet ascenseur en mettait du temps. Il souhaitait qu'il arrive plus vite.

— Je suis content que tu l'aimes bien aussi.

— Est-ce que tu vas l'épouser ?

Elle mit ses mains sur ses hanches alors que les portes de l'ascenseur s'ouvraient. Elle entra et se retourna, très sérieuse.

— Je sais que les garçons peuvent épouser d'autres garçons, maintenant. On en a parlé à l'école l'année dernière, quand ce mal élevé de Myron Phelps disait que le mariage devait être seulement entre garçons et filles. Je lui ai dit qu'il était stupide et qu'il devrait garder son baratin pour lui.

— Eh bien, merci, mais je ne pense pas que ton instit ait beaucoup apprécié.

— C'était dans la cour et il s'est enfui en courant.

Elle était heureuse. Apparemment, en CE2, faire fuir son adversaire était l'équivalent de botter les fesses de quelqu'un.

— Donc, est-ce que tu vas l'épouser ?

— Je ne sais pas. Écoute, M. Edge et moi nous connaissions avant que tu sois née et il était mon petit-ami à l'époque, mais il est parti parce qu'il a trouvé du travail ailleurs. Maintenant, il est revenu et je l'aime bien, mais je l'aimais bien aussi à l'époque et je ne sais pas s'il va vouloir repartir comme il l'a déjà fait, donc je veux tirer ça au clair d'abord.

Il ne pouvait pas faire plus simple et clair sans trop entrer dans la dynamique d'une relation.

— Alors, pourquoi tu ne lui demandes pas ?

Emma sortit de l'ascenseur quand celui-ci arriva au rez-de-chaussée, l'attendant comme si elle avait toutes les réponses.

— Parfois, les choses ne sont pas aussi simples.

C'était la seule réponse qu'il avait pour le moment.

— Pourquoi ?

Emma fit demi-tour en tournoyant et marcha à grands pas vers les portes de l'hôpital. Pat la suivit, se posant la même question.

— Allons à la voiture, comme ça, nous pourrons aller manger une glace.

Pat tint la main d'Emma tandis qu'ils traversaient la rue et, une fois dans la voiture, il conduisit jusqu'au glacier le plus proche. Il commanda, paya et, quand il eut fini son cône, il appela Edge.

— Comment va ta mère ? demanda directement Edge.

— Bien. La douleur diminue et elle est active et alerte. Ils vont faire d'autres tests, puis elle pourra sortir et venir à la maison où je pourrais prendre soin d'elle pendant un moment. Comment vas-tu ? demanda Pat avant de prendre une profonde inspiration et de continuer. Je me demandais si tu aimerais venir dîner à la maison.

— Demande-lui pour une histoire.

— La princesse aimerait avoir une autre histoire, mais ce n'est pas obligatoire.

Edge hésita.

— Je suis en train de finir une toile, là. Donc, je peux être là dans une heure, si ça te va.

Il semblait distrait et Pat supposa que c'était parce qu'il était en train de travailler.

— Je sais que tu es au beau milieu d'une toile. Donc, viens si tu peux. Je comprendrai.

— J'aurais bientôt fini.

— D'accord.

Pat pensait à Edge debout dans son studio, distrait, à moitié conscient de ce qu'il faisait. Pat atténua le souvenir de ce qu'il s'était passé la dernière fois qu'ils avaient été ensemble dans le studio d'Edge. Avec Emma qui le fixait, ce n'était pas le moment pour être excité.

— Viens quand tu peux.

Il raccrocha et attendit qu'Emma finisse sa glace avant de la ramener à la maison.

EMMA se débarbouilla et Pat commença à préparer le repas. Il avait prévu de commencer avec un bon repas, puis de mettre Emma au lit et, ensuite, Edge et lui pourraient parler.

— Qu'est-ce qu'on mange ?

— De la salade, et je fais du poulet avec du riz. Tu vas aimer.

Emma ne semblait pas convaincue.

— Tu es certain ?

— Oui. Allez, sors de la cuisine et va regarder la télé, si tu veux.

Il avait besoin d'un peu de temps pour essayer de mettre de l'ordre dans ses idées. S'il faisait ça, il devait bien le faire, parce qu'il ne voulait pas que tout ce qu'il avait avec Edge éclate autour de lui, et cela pourrait se produire très facilement. Pat prépara la viande et la mit au four avant de tout nettoyer et de commencer à préparer la salade. C'était un repas simple, mais qu'il espérait mémorable, et pas parce qu'il avait omis de dire à Edge que depuis les huit dernières années, il avait une fille dont Pat ne lui avait jamais parlé.

La sonnette retentit et Emma traversa la maison en courant pour ouvrir la porte, couinant de joie quand Edge entra.

— Comment vas-tu, gamine ? demanda-t-il, taquin.

— Poppy a dit que le dîner sera bientôt prêt, lui dit-elle.

— Tu regardes la télé ? demanda Edge à Emma tandis que Pat jetait un œil vers l'entrée.

Edge l'approcha et l'embrassa rapidement.

— Est-ce que tu as besoin d'aide ?

— Non. Tout va bien.

Pat sourit quand Emma traîna Edge dans l'autre pièce et, rapidement, la télévision se fit entendre plus fort et les deux se mirent à rire aux singeries du programme diffusé. Pat n'y accorda que peu d'attention tandis qu'il finissait de mettre la table et s'attelait aux dernières choses à faire pour que le dîner soit prêt.

— Est-ce que tout le monde s'est lavé les mains ? appela Pat.

Il obtint deux « oui » alors qu'Edge et Emma se dirigeaient vers la table. Pat apporta la nourriture et l'odeur emplit toute la cuisine. Il avait réussi à faire quelque chose d'assez impressionnant, même si ce n'était que son avis, et Emma ne fit aucun commentaire quand il prépara son assiette.

— Ça a l'air vraiment délicieux, dit Edge avec un sourire qui était peut-être tendu.

— Tu vas bien ? demanda Pat.

La distraction d'Edge parut s'atténuer et son sourire devint plus chaleureux.

— Oui. Je suis juste un peu préoccupé par le travail.

Il tira une chaise et Emma s'installa aussi.

Pat aimait la façon dont ils ressemblaient à une famille, tous les trois assis autour de la table. Il avait rêvé de ça quand Edge et lui avaient parlé pour la première fois d'avoir des enfants. Bien qu'à ce moment-là il imaginait leur enfant dans une chaise haute, ce qui n'avait plus d'importance à présent, il s'était toujours imaginé Edge et lui à table, en train de dîner, parlant doucement, partageant des sourires et des regards complices sous les yeux de leur fils ou de leur fille. Eh bien, Emma était plus âgée, mais l'image était assez proche pour qu'une boule se forme dans sa gorge. Ça, maintenant, ce moment, c'était ce dont il avait rêvé. Et c'était à sa portée. Une seule chose se tenait en travers de son chemin. Emma n'était pas sa fille et il devait le dire à Edge.

Il servit le poulet pour Edge et lui et ils se passèrent les légumes et la salade entre eux. Les herbes et le beurre se mélangèrent avec la vapeur, qui répandit l'odeur à travers la pièce.

— Est-ce que tu vas me raconter une autre histoire ? demanda Emma à Edge.

— Je pense que je suis à court d'histoire pour le moment. Mais, si tu me donnes un peu de temps, j'essaierai de t'en trouver une autre.

Il partagea un sourire avec elle et ils commencèrent à manger. Pat ne cessait de regarder Edge, incapable de le quitter des yeux plus de quelques secondes. Edge avait été hors de sa vie pendant des années et maintenant, en à peine quelques semaines, il en était redevenu une partie, presque comme s'il n'était jamais parti. Eh bien, d'une certaine façon, il n'était pas parti. Pat pouvait voir qu'il avait porté Edge dans son cœur tout ce temps, et, bien sûr, il avait Emma… une petite part d'Edge avait été dans sa vie tout ce temps.

— Comment avance le tableau de moi ? demanda Emma, tirant Pat de ses rêveries. Je veux vraiment le voir.

— Et tu le verras. Il n'est pas encore fini, mais il le sera très bientôt.

Edge leva le regard de son assiette.

— Bien.

Elle sourit et Pat lui rappela de garder sa bouche fermée quand elle mâchait.

— On n'a pas besoin de voir ce que tu manges, la gronda légèrement Pat puis Emma retourna à son dîner.

Ils parlèrent de choses normales.

— J'étais en train de travailler sur un paysage de Susquehanna.

— Je n'ai jamais demandé, mais est-ce que ta carrière avance bien ?

Pat essayait de poser la question sans paraître grossier. Tu n'es pas obligé de répondre si tu ne veux pas.

— En fait, je me maintiens à flot. J'avais décidé de retourner à mon art avant de quitter l'enseignement. Je savais que ça serait difficile, mais je n'avais pas réalisé à quel point. Je peins et je travaille, mais personne ne semble intéressé par ce que je fais.

Pat déglutit péniblement et pensa à quel point Edge avait été attentionné, alors que Pat n'avait aucune idée des difficultés qu'Edge pouvait rencontrer.

— Je suis désolé. J'ai toujours pensé que tu étais très talentueux.

— J'aime penser que je le suis, mais le succès commercial n'accompagne pas forcément le talent. J'ai une exposition qui arrive bientôt. Cela pourrait me donner une chance de finalement faire connaître mon travail et j'espère…

La douleur dans la voix d'Edge et sur son visage était si évidente et si… Pat ne savait pas comment le décrire, mais cela lui brisa presque le cœur et il ne pouvait pas en rajouter.

— Je sais que tu l'es, dit Pat.

Emma se leva et fit le tour de la table, puis grimpa sur les genoux d'Edge et lui fit un câlin.

— Tout va bien, M. Edge. Tu peux toujours raconter des histoires.

Edge lui rendit son câlin et l'aida à descendre.

— Je suis désolée que tu sois triste.

Edge hocha de la tête et Emma retourna à sa place, mais il semblait que la joie de la soirée était partie.

Pat voulait qu'Edge soit heureux.

— Est-ce qu'il y a quoi que ce soit qu'on puisse faire ?

— À moins de remplir la galerie et de faire en sorte que les gens parlent de mon travail, je ne sais pas.

Edge ramassa sa fourchette puis la reposa de nouveau.

— Parfois, je me dis que je suis un idiot destiné à toujours prendre les mauvaises décisions.

Edge repoussa sa chaise.

— Excusez-moi.

Il se leva et Pat le suivit du regard jusqu'à ce qu'il disparaisse de la cuisine. Quelques secondes plus tard, Pat entendit la porte de la salle de bain se fermer.

— Est-ce qu'il est malade ? demanda Emma.

— Non. Je pense qu'il est inquiet. Mais, il va aller bien.

Pat lui tapota la main.

— Finis de manger. Je suis certain qu'il sera bientôt de retour.

Emma acquiesça et recommença à manger. L'appétit de Pat semblait l'avoir quitté comme Edge venait de le faire. Il se força à continuer de manger et, quand Edge revint, il parut avoir la même difficulté. Une fois qu'Emma eut fini, Pat la laissa aller dans le salon pour regarder à nouveau la télé.

— Je ne voulais pas te contrarier.

Il pensait sincèrement qu'Edge s'en sortait bien.

— J'ai réussi à travailler à nouveau grâce à toi et Emma. Tu m'as aidé à trouver l'inspiration. Mais, je ne sais pas comment je vais m'en tirer. L'exposition à la galerie est censée être cohésive et avoir une sorte de thème récurrent tout du long. Mais les tableaux que j'ai sont disparates et pas du tout en lien les uns avec les autres.

Pat se leva, prit une bouteille de vin et en servit un verre à Edge, ainsi qu'un pour lui-même.

— J'aimerais pouvoir t'aider. Je ne sais pas ce que je peux faire, mais je le ferais si je le pouvais.

Edge but tout son vin et reposa son verre sur la table.

— Il n'y a rien que toi ou qui que ce soit puisse faire. Je dois développer une vision et me mettre au travail rapidement. Chaque fois que je pense que je tiens quelque chose, soit l'idée semble trop fragile, soit elle s'envole hors d'atteinte. C'est très frustrant et je n'ai que quelques semaines pour trouver quelque chose.

Edge tendit la main pour prendre la bouteille et se versa un autre verre. Cette fois-ci, il but plus lentement.

— Ce dont j'ai peur, c'est d'avoir attendu trop longtemps et que tout soit un flop total.

— Ça ne le sera pas. Ton travail est génial et tout le monde va le voir. J'ai été à des tonnes d'expositions d'art et, souvent, elles n'avaient pas de thème spécifique. Toi et ton style êtes le thème. Donc, fais du bon travail et les gens vont l'adorer.

Pat se leva et marcha jusqu'à l'endroit où était assis Edge, puis se tint debout derrière lui et lui massa gentiment les épaules.

— J'aimerais avoir ta confiance.

Pat leva les yeux au ciel, même si Edge ne pouvait pas le voir.

— La galerie doit avoir vu quelque chose en toi s'ils ont réservé une exposition, donc ne te tracasse pas pour ça. Concentre-toi simplement sur ton travail.

— Poppy, je veux regarder *Le Voyage d'Arlo*, mais je ne trouve pas le DVD.

— J'arrive.

Pat relâcha les épaules d'Edge, attrapa son verre de vin et le porta jusque dans le salon, trouvant facilement ce qu'elle voulait. Emma mit le DVD dans le lecteur et s'assit sur le canapé.

— Je peux t'aider à nettoyer, proposa Edge, et Pat accepta.

Une fois que tout fut rangé, Edge et lui rejoignirent Emma pour le reste du film.

Bien sûr, il ne put retenir ses larmes et Emma le câlina alors qu'il s'essuyait les yeux. Pat était hypersensible devant les passages tristes des films.

— C'est l'heure pour toi de te laver et d'aller au lit. Dis bonne nuit et va te préparer pour le bain.

Emma s'exécuta et partit en courant.

— Tu peux regarder ce que tu veux. Je reviens vite.

Edge acquiesça et après l'avoir aidé avec son bain, Pat mit Emma au lit. Il lui dit bonne nuit et la borda, puis l'embrassa avant de quitter la pièce. Quand il retourna dans le salon, les albums photo qu'il gardait sous la table basse étaient éparpillés dessus et Edge les fixait. Quand Pat s'éclaircit la gorge pour attirer son attention, Edge leva les yeux et lui lança un regard plus glacial que le pire des hivers.

— Allais-tu me le dire ? demanda Edge en montrant du doigt l'une des photos. Ma mère gardait une photo de moi exactement comme celle-ci sur le mur du salon et Emma y ressemble comme

139

deux gouttes d'eau. Donc, j'ai jeté un œil à toutes les photos et elle me ressemble, cela ne fait aucun doute.

Pat eut soudain du mal à respirer.

— Je me souviens que nous avions parlé du fait que je sois le père de notre enfant, mais…

Edge se leva et un des albums glissa au sol.

— Tu as continué et tu m'as utilisé comme père malgré la situation. Quel genre de… ? Est-ce que c'était une sorte de stratagème bizarre pour avoir une partie de moi après mon départ ?

Edge secoua la tête et contourna la table.

— Tu as eu Emma, mon enfant, et tu n'as jamais pris la peine de me le dire ?

Le sang s'accumula dans les joues de Pat, le rendant de plus en plus rouge au fil des secondes.

— C'était déjà fait, dit Pat faiblement.

Il avait toute l'explication prête dans sa tête, mais voir le visage d'Edge effaçait complètement les mots de son esprit.

— Donc, tu savais pour Emma, ou du moins pour le bébé, avant que je parte et tu ne me l'as jamais dit. Comment as-tu pu faire ça ?

— Qu'est-ce que j'étais censé faire ? demanda Pat aussi doucement que son cœur battant à tout rompre et la panique s'élevant de plus en plus le lui permettaient. Nous avions prévu d'avoir un enfant… tu ne pouvais pas le gérer et tu as décidé de partir. La mère porteuse était déjà enceinte et tu quittais la ville. Alors, quoi ? J'aurais dû dire « Oh, au fait, tu vas être papa, mais vas-y, pars » ? Ou peut-être que j'aurais dû utiliser le bébé pour te piéger ici et te faire culpabiliser pour que tu restes. Crois-le ou non, je n'ai fait ni l'un ni l'autre. Tu as choisi la vie que tu voulais et je t'ai laissé l'avoir. Je voulais une famille, donc la grossesse a continué et j'ai eu Emma. Et toi, tu as eu la vie que tu disais vouloir.

Il essaya de rendre ça raisonnable.

— Allais-tu jamais essayer de me trouver et de me le dire ? demanda Edge dans un murmure qui valait tous les hurlements du monde.

— Non, répondit Pat honnêtement. Si tu n'étais pas revenu, je ne te l'aurais jamais dit.

— Mais, je suis revenu et, pourtant, tu ne me l'as pas dit.

Edge passa devant Pat, traversa le couloir et alla jusqu'à la chambre d'Emma. Pat courut après lui, craignant qu'Edge essaie de la lui prendre. Edge s'arrêta devant la chambre d'Emma et jeta un œil dans l'entrebâillement. Pat le rattrapa et observa Edge regarder sa fille. Puis, Edge se tourna et repartit vers le salon.

— Avais-tu l'intention de me le dire, puisque j'étais de retour ? demanda Edge, puis il marcha à grandes enjambées vers la porte. Ça n'a pas d'importance.

— Où est-ce que tu vas ? demanda Pat. Il faut qu'on parle.

— Non, siffla Edge en levant la main. On ne doit rien faire maintenant. J'ai besoin de sortir d'ici et d'essayer de réfléchir. J'ai une fille.

— Emma est ma fille, quoi que tu en penses et de qui provient le sperme, lança Pat en se rapprochant. Je l'ai élevée et aimée. Tu ne voulais pas d'enfant et tu es parti. J'ai passé toutes ces années seul à élever cette petite fille que nous avions prévu d'élever ensemble. Donc, tu peux être autant en colère et bouleversé que tu veux, mais si c'était à refaire, je ne changerais rien. Tu étais parti et je t'ai donné ta liberté.

— Mais, j'aurais dû pouvoir choisir, dit Edge.

— Tu l'avais déjà fait, contra Pat.

Il fixa Edge tandis qu'une myriade d'émotions tourbillonnait dans ses yeux. Pendant quelques secondes, il vit la peine et la douleur, suivies par l'incertitude, et Pat pensa qu'Edge commençait peut-être à comprendre. Mais, alors, ses yeux se durcirent à nouveau et Edge se tourna et franchit la porte, la refermant juste derrière lui, laissant Pat seul avec ses peurs qui semblaient s'être réalisées.

Il regarda la porte pendant au moins dix secondes, puis se jeta en avant, l'ouvrit avec force et se précipita dans la nuit. La lumière du plafonnier était allumée dans la Jeep d'Edge et il courut vers la voiture.

— Alors, c'est comme ça ? Les choses ne se passent pas comme tu le veux et tu fuis. Tu l'as fait il y a neuf ans et tu refais la même chose maintenant.

Il tremblait de rage.

— Moi ? Ce n'est pas moi qui ai gardé le plus grand secret.

— Oh, et alors, dit Pat avec désinvolture. Si c'est comme ça que tu te comportes, alors j'ai fait ce qu'il fallait. Tu étais un lâche à l'époque. Tu pourrais être honnête avec toi-même et admettre que tu as fui. Donc, si tu veux penser à quelque chose, rumine cette pensée dans ta tête de mule et vois si c'est logique.

— Tu... bafouilla Edge. Qu'est-ce que tu racontes ? C'est toi qui n'as jamais rien dit.

— Tu ne peux de toute évidence pas le supporter maintenant. Qu'est-ce qui te fait penser que tu aurais pu gérer cette nouvelle à l'époque ? Tu voulais faire marche arrière. Tu as fait une grande annonce et tu as dit que ton nouveau travail commençait moins d'un mois plus tard. Mets-toi à ma place. Je suis rentré à la maison pour te dire que nous allions avoir un bébé et j'ai découvert que tu avais déjà commencé à faire tes bagages pour un nouveau travail à des centaines de kilomètres de chez nous. Qu'aurais-tu fait à ma place ?

Edge n'avait pas de réponse à ça. Il monta dans la voiture et Pat maintint la portière ouverte.

— Avant que tu me condamnes, penses-y. Et souviens-toi de ça. Tu as dit que tu te souciais de moi et Emma. Eh bien, pense à elle et au genre de vie que tu aurais voulu pour elle durant les huit dernières années, et à celui que tu veux pour les années à venir. Je t'ai dit qu'elle était la personne la plus importante dans ma vie et elle le sera toujours.

Edge se tourna et posa ses yeux sur Pat, le regard plus acéré qu'une lame de rasoir.

— Je dois y aller, dit-il beaucoup plus calmement qu'il ne l'avait fait avant. Laisse-moi tranquille, que je puisse réfléchir.

Pat recula et Edge ferma la portière. Pat observa Edge tandis qu'il démarrait la voiture et partait. Une fois que les lumières des feux arrière furent hors de vue, il rentra dans la maison et trouva Emma dans le salon qui regardait par l'une des fenêtres.

— Est-ce que toi et M. Edge vous êtes disputés ?

— En quelque sorte, répondit Pat en prenant la main d'Emma pour la ramener dans sa chambre. Tout ira bien.

Elle se mit au lit et Pat la borda une nouvelle fois avant de quitter sa chambre. Il passa l'heure suivante à ranger le salon et à s'occuper de la vaisselle dans l'évier avant de décider de se préparer à aller au lit.

Il resta allongé pendant des heures, passant en revue plusieurs scénarios dans sa tête. Tous ceux qu'il trouvait finissaient mal, certains plus que d'autres. Il n'avait aucune idée de ce qu'Edge allait faire, mais il était plutôt certain que ses peurs étaient devenues réelles. Il avait encore perdu Edge.

Chapitre Sept

— **SOIS** prudente, dit Pat deux jours plus tard tandis qu'il aidait sa mère à entrer dans la maison.

— Je ne suis pas handicapée, protesta-t-elle.

Pat se contenta de l'ignorer et l'installa sur le canapé.

— Mince.

— Je vais aller chercher le reste de tes affaires et les porter dans la chambre. Après ça, je suggère que tu fasses une sieste si tu es fatiguée, parce qu'une fois qu'Emma sera rentrée du centre aéré, elle ne te lâchera pas d'une semelle.

— Je sais. J'ai hâte de passer du temps avec elle.

Pat laissa sa mère et retourna à la voiture pour prendre ses deux sacs dans le coffre. Il les mit dans la chambre et rangea toutes ses affaires pour elle. Une fois qu'il eut fini, il l'aida à aller jusqu'à la chambre.

— Je suis fatiguée, pas sur le point de me casser en mille morceaux, dit-elle.

— Je ne veux pas que tu te blesses, protesta Pat.

Sa mère se tourna vers lui avec indulgence et s'allongea sur le lit.

— C'est gentil et j'apprécie ce que tu fais.

Elle bâilla et utilisa un oreiller pour se soutenir, ses mains reposant sur ses genoux comme une reine devant sa cour.

— Qu'est-ce qui se passe avec Edge ? Est-ce que tu lui as dit ?

— J'allais le faire, mais il l'a deviné en regardant les photos de l'album. Il semble qu'Emma ressemble plus à Edge que je ne le pensais et voir différentes photos d'elle l'a mis sur la piste. Il a été assez dur, et...

— Avez-vous parlé ?

Elle avait l'air si raisonnable.

— Pas exactement. Nous avons tous les deux parlé à tort et à travers, puis Edge est parti. Il a dit qu'il avait besoin de temps pour réfléchir, mais il ne m'a pas contacté ces deux derniers jours et je ne sais pas si je devrais l'appeler ou pas. Ce n'était pas beau à voir.

La vérité était qu'il était anxieux, depuis, et chaque fois que le téléphone sonnait, il ressentait à la fois de l'excitation et de la peur.

— Donc, vous vous êtes dit des tas de choses à l'un l'autre, mais est-ce que vous vous êtes écoutés ?

Pat ne répondit pas.

— Je ne pense pas. Ce n'est pas une dispute de ménage anodine, c'est ma petite-fille et son bonheur qui sont en jeu. Tu es le seul père qu'elle a connu de toute sa vie et briser ce lien serait traumatisant. Mais, elle mérite aussi de connaître Edge et de l'avoir dans sa vie si c'est ce qu'Edge veut.

— Donc, tu dis que... ?

— Arrête de faire ta tête de mule et va lui parler. Et je ne parle pas de l'appeler, mais d'aller chez lui et de parler face à face comme des êtres humains raisonnables. Regardez-vous dans les yeux et essayez de comprendre ce que vous voulez tous les deux. Emma le mérite.

— Mais, et s'il essaie de la prendre ?

Le cœur de Pat éclata presque en morceaux à cette pensée.

— Tu aimais Edge à l'époque et tu l'aimes toujours aujourd'hui, donc sers-toi de ça, plutôt que de ta peur de ce qu'il pourrait faire, pour essayer d'arranger les choses.

Ses mains glissèrent de ses genoux pour venir reposer à ses côtés et elle s'appuya pour se relever.

— Emma est le seul petit-enfant que j'aurais, alors si tu foires ça et que je la perds… Je te jure que je t'arracherai la tête. Et ne pense pas que je plaisante. Je n'ai jamais dit ça avant, mais je t'ai donné la vie et je peux aussi la reprendre. Alors, va prendre une douche et mets des vêtements sympas, pas ceux que tu mets pour le travail, puis va lui parler.

Elle s'allongea.

— Je vais être très bien toute seule ; je n'ai pas besoin d'une nounou. Quand Emma rentrera à la maison, elle et moi ferons des dessins et d'autres choses comme ça.

Les pieds de Pat semblaient être cloués au sol.

— Maman…

— Non. Vas-y et règle cette histoire.

Elle fit un geste de la main pour l'inciter à se bouger et Pat quitta la chambre. Il lui apporta de l'eau, puis se doucha et enfila ses plus beaux vêtements. Il n'était pas certain que ça fonctionne, mais sa mère lui causerait des problèmes s'il ne le faisait pas. Mince, cette femme était déchaînée et elle pouvait être une véritable menace quand elle le voulait.

— J'y vais. Est-ce que tu as besoin d'autre chose ? demanda Pat à sa mère depuis la porte de sa chambre.

— Non. Je vais faire une sieste quelques minutes.

— Emma sera à la maison dans plus ou moins deux heures. Je devrais être de retour d'ici là.

Il avait bien l'intention de dire ce qu'il avait à dire et de s'en aller.

— Bien.

Elle bâilla et Pat quitta la maison, la verrouillant derrière lui.

Il conduisit jusqu'au loft d'Edge et arriva à trouver une place sur le parking. Pat sortit de la voiture et fixa la fenêtre d'Edge, au troisième étage, en soupirant. Il n'y avait pas beaucoup plus à voir que du verre et des briques et aucun des deux n'allaient l'aider. En chemin, il avait essayé de penser à ce qu'il pourrait dire à Edge pour essayer de lui faire comprendre pourquoi il avait agi comme il l'avait fait, mais tout semblait être une répétition de ce qu'il avait déjà dit. Peut-être que c'était une mauvaise idée, qu'il devrait juste rentrer à la maison et attendre qu'Edge vienne à lui.

— Est-ce que tu vas monter ou continuer à fixer l'immeuble le reste de la journée ? lança sèchement Edge depuis la porte d'entrée sans un soupçon de son humour habituel. Les voisins vont commencer à penser que tu es une sorte de vagabond bien habillé.

Pat s'avança jusqu'à lui.

— J'essaie de trouver quoi dire et…

— Parfois, il n'y a pas de mots pour ce que les gens se font les uns aux autres.

Edge le coupa sèchement, mais maintint la porte ouverte. Au moins, c'était une sorte de signe. Pat entra et suivit Edge dans les escaliers, puis passa la porte ouverte du loft. Edge la ferma derrière lui.

— Je ne sais pas si je pourrai un jour te pardonner ce que tu as fait.

— Qu'est-ce que j'ai fait ? le défia Pat tandis qu'il regardait autour de lui. J'ai élevé l'enfant que nous avions prévu d'avoir et je t'ai donné la liberté de faire ce que tu voulais. Tu avais décidé de partir… tu te rappelles ?

— Ce n'est pas si simple, dit Edge tandis que Pat continuait son inspection de la pièce.

Des toiles tapissaient les murs, des heures et des jours de travail dans de puissantes nuances de rouge, de bleu, et de noir, et la puissance qui s'en dégageait coupa le souffle de Pat et le fit frissonner. Le portrait reposait pile au centre de toutes les toiles, très réaliste et détaillé au milieu des images éthérées et abstraites qui surgissaient des autres toiles.

— Edge, murmura Pat.

Il vint se placer devant cet imbroglio de toiles aux tourbillons colorés, voyant clairement ce qu'elles cachaient malgré le chaos ambiant.

— Quand as-tu fait ça ?

— J'ai été occupé ces derniers jours.

Un frisson glacial remonta le long de la colonne vertébrale de Pat.

— Est-ce parce que… ?

Il ne savait pas comment formuler sa question.

— J'ai découvert que j'étais le père d'Emma ? Oui. Réaliser que ma peur m'avait fait rater les huit premières années de la vie de ma fille ?

Il acquiesça pendant que Pat continuait de regarder chaque tableau.

— Ils sont tous indépendants et, pourtant, ils ont besoin les uns des autres. Seuls, aucun d'entre eux ne semble complet.

— Ils ne le sont pas, et ce n'est toujours pas fini, confirma Edge en touchant l'épaule de Pat. J'ai besoin d'une fin. C'est trop sombre et le spectateur reste dans le noir. J'ai besoin que ça, notre passé, prenne fin, en quelque sorte.

Pat soupira. Il n'était pas certain du genre de fin qu'Edge recherchait.

— Tu sais qu'Emma est ta fille biologique. Mais, peu importe ce qui doit arriver, je suis son père. Elle est ma fille. Je l'ai aimée et j'ai pris soin d'elle depuis sa naissance.

— Je sais ça, lança Edge d'un ton sec. Mais, tu aurais dû me le dire. Tu aurais dû me donner la chance de décider par moi-même. Oui, j'avais peur à l'idée d'avoir un enfant, mais c'est différent de l'idée qu'une fille de chair et de sang va naître.

Pat retint difficilement un petit rire moqueur.

— Tu étais déjà à moitié parti. Quand tu m'as dit que tu t'en allais, tu me tournais le dos et tu t'éloignais déjà. Alors quoi ? J'aurais dû te dire que la mère porteuse était enceinte et que tu devrais rester pour le bien du bébé ?

Pat leva les yeux au ciel.

— Ne fais pas ça. Ne rejette pas ce que j'aurais pu faire.

— Je ne l'ai pas fait, parce que c'était immatériel. Tu partais et je voulais une famille. Malgré la façon dont cela s'est produit, nous avons tous les deux eu ce que nous voulions, dit Pat en avançant d'un pas. Emma est une enfant merveilleuse et je dois vraiment te demander si l'identité de son père fait une différence. Elle reste la même petite fille incroyable, que tu sois son père biologique ou que ce soit moi.

— Oui, mais en ne me le disant pas, tu l'as fait sortir de ma vie.

Ils tournaient en rond.

— Très bien. Imaginons que je te l'ai dit. Qu'aurais-tu fait ?

Pat attendit et observa les émotions et le doute qui affluaient dans les yeux d'Edge.

— Je ne sais pas.

— Laisse-moi te le dire, alors. Tu aurais annulé ton projet de déménagement et tu serais resté ici. Après quelques mois, tu m'en aurais voulu parce que je t'aurais piégé pour te forcer à rester. Puis, tu aurais appelé l'université, ils t'auraient dit que le poste était toujours libre et tu serais parti. Seulement, à ce moment-là, tu m'en aurais voulu et tu te serais senti coupable de partir.

Pat haussa les sourcils.

— Soit ça, soit tu aurais dit qu'un enfant était plus que tu ne pouvais gérer et tu serais quand même parti, mais tu te serais senti coupable pendant des années parce que tu aurais abandonné ton propre enfant.

— J'aurais pu changer d'avis, décider de ne pas partir, et nous aurions pu être heureux ensemble.

— Avec toi qui aurais gardé un pied dans la porte, prêt à partir à tout moment, contra Pat.

— Tu peux tout me mettre sur le dos, mais c'est toi qui ne m'as pas donné le choix.

— Non, je ne te l'ai pas donné. Je pensais que je te donnais la vie que tu voulais et je l'ai tenue loin de toi. Je n'ai jamais dit que la

149

mère porteuse était enceinte et que tu étais le donneur de sperme. Je n'ai jamais dit que…

Pat se frotta le front et s'affala dans une des vieilles chaises dans laquelle Edge avait jeté un essai raté.

— Quand elle a passé le cap des six premières semaines et que j'ai appris qu'elle était enceinte, tu avais déjà fait tes bagages et tu étais à Boston.

— Tu aurais pu appeler, dit Edge sans grand enthousiasme.

— Toi aussi.

Pat était vraiment fatigué de toutes ces histoires.

— Nous avons tous les deux des regrets. J'aurais aimé te dire pour Emma et j'aurais encore plus aimé que tu restes.

— Mais, je ne savais pas pour elle.

— Peux-tu honnêtement dire que la nouvelle que nous allions avoir un bébé t'aurait donné envie de rester ? Ou t'aurait-elle fait fuir comme si tu avais eu le diable aux trousses ? demanda Pat dans un soupir. Sois honnête, c'est tout ce que je demande.

Edge se dégonfla un peu et Pat eut sa réponse.

— Nous étions si jeunes.

Pat se leva de la chaise et se rapprocha d'Edge.

— Je sais, et c'est pour ça que je n'ai rien dit. Tu avais besoin de voler de tes propres ailes. Je l'ai compris et j'ai continué à espérer que tu réaliserais ce que tu manquais et que tu nous reviendrais. Mais, avec le temps, j'ai compris que cela n'arriverait pas et, à la naissance du bébé, j'ai supposé qu'il valait mieux que je te laisse tranquille. Donc, j'ai élevé Emma tout seul et tu as eu la vie que tu voulais. Comme je l'ai dit, nous avons tous les deux eu ce que nous voulions. Tu étais heureux et, peu importe ce que tu penses, je t'aimais assez pour vouloir ton bonheur.

— Est-ce que tu m'aimes vraiment ? demanda Edge.

— Bien sûr que je t'aime, et je t'aimais à l'époque. J'étais dévasté quand tu m'as dit que tu partais.

Mon Dieu, il se rappelait comment son cœur s'était brisé et comment il s'était senti comme un moins que rien.

— Tu m'as presque réduit en miettes quand tu m'as dit au revoir. Mais, tu ressemblais à un lion en cage et je... Écoute, je sais que j'aurais dû dire quelque chose, mais je ne l'ai pas fait. Tu devais partir et je t'ai laissé partir de la meilleure façon à laquelle je pouvais penser.

Pat prit la main d'Edge et fut content qu'il ne la retire pas.

— Tu me connais... tu l'as toujours fait. Penses-tu que je pourrais utiliser un bébé ou quelque chose d'autre pour essayer de te faire rester où tu ne veux pas être ?

— Non, reconnut Edge en se tournant vers les tableaux. Tu as toujours été mon plus grand fan. Peu importe les circonstances, j'ai toujours su que tu étais de mon côté pour me dire à quel point tu aimais mon travail. Même quand tu ne le comprenais pas.

— Eh bien, je comprends celui-là... Et je pense que tu as les bases pour une exposition incroyable.

— J'ai juste besoin d'une fin, répondit Edge.

— Eh bien, maintenant, tu sais tout. Donc, la fin dépend de toi.

Pat serra doucement la main d'Edge, puis se rapprocha et l'embrassa sur la joue.

— Je ne comprends pas.

— Si, tu comprends. Toi seul peux décider si tu es capable de me pardonner ou pas. Et toi seul peux décider si tu veux t'éloigner, faire partie de notre vie ou essayer de te battre pour me prendre Emma.

Le regard surpris sur le visage d'Edge indiqua à Pat que ça ne lui était jamais venu à l'esprit. Mais, il continua.

— Tu es le conteur d'histoires de la famille. Ou, en tout cas, c'est ce qu'Emma a dit. Donc, ceci...

Il indiqua l'alignement de peintures.

— ... notre histoire... c'est une histoire pour laquelle tu peux décider et raconter... ou peindre... la fin.

Pat se tourna pour partir.

— Je dois te laisser finir de travailler. Mais, j'ai déjà marqué le jour de ton exposition sur notre calendrier et Emma et moi sommes bien décidés à venir.

Il ouvrit la porte et sortit dans le couloir, puis ferma la porte et grogna. Soit il venait de faire la plus grosse erreur de sa vie… soit il avait réussi à faire en sorte qu'Edge comprenne. Seul le temps le lui dirait et Pat devait être disposé à attendre.

Pat atteint le trottoir et s'autorisa finalement à respirer. Au diable toutes ces histoires. Il avait fait plus que sa part d'erreurs. Mais, merde, il voulait tout. Pat voulait Edge et Emma ; il voulait qu'ils soient une famille. Pat réalisa qu'il avait peut-être gâché complètement ce rêve, mais il n'en était pas certain et ne le serait pas tant qu'Edge ne lui aurait pas dit ce qu'il voulait. Pat ne savait absolument pas quand cela arriverait. Tout ce qu'il pouvait faire, c'était attendre jusqu'à ce qu'Edge décide de raconter le reste de l'histoire et alors, seulement à ce moment, Pat aurait un indice.

Il ouvrit la porte de la voiture et rentra à la maison. Sa mère allait avoir un million de questions, mais il n'en aurait pas les réponses. Ce qui était bien… elle pourrait les attendre avec lui.

Chapitre Huit

— **MAMAN,** quand veux-tu rentrer chez toi ? demanda Pat en rentrant dans sa chambre et s'asseyant sur le bord du lit de sa mère. J'aime t'avoir ici, mais tu vas de mieux en mieux chaque jour.

Il n'y avait pas d'urgence, mais il devait en parler avec elle.

— Lundi, je pense, répondit-elle. Je sais que je commence à t'agacer et tu commences à m'agacer aussi. Je vais assez bien pour prendre soin de moi-même.

— Maman, j'aime t'avoir à la maison et Emma adore te voir tous les jours.

— Mais, il est temps que nous retournions chacun à notre propre vie. Le docteur a dit que je m'en sortais très bien.

— Tu t'en sors à merveille et ton état d'esprit est une vraie source d'inspiration.

Les deux dernières semaines avaient été dures pour lui. Edge avait appelé seulement une fois pour dire qu'il réglait des affaires de son côté. C'était tout. Pat avait plein de choses à faire entre aider sa mère, s'occuper d'Emma et rattraper son travail en retard. Il supposait que si sa mère pouvait gérer la douleur et les changements que l'opération avait provoqués dans son corps, il pouvait être patient et attendre qu'Edge soit prêt à parler pour résoudre les choses.

— Est-ce que tu as eu des nouvelles d'Edge ? demanda-t-elle exactement comme tous les jours.

— Non.

— Et Emma et toi allez toujours à la soirée d'ouverture de son exposition ? questionna-t-elle.

— Je pensais que tu viendrais aussi, si tu le voulais. Je pense que ça signifierait beaucoup pour lui que tu sois aussi présente. C'est une soirée importante pour lui. Peu importe si nous nous disputions ou non… j'irais parce que je veux le soutenir. Edge a été là quand j'ai eu besoin de lui, dernièrement, donc je serai là pour lui.

— Tu l'aimes vraiment, n'est-ce pas ?

— Oui. Et je pense qu'il m'aime aussi. Mais, toute cette histoire avec le fait d'être le père d'Emma l'a complètement bouleversé et je sais qu'il pense que je l'ai trahi.

— Dans un sens, tu l'as peut-être fait, mais tu avais une bonne raison ; ce n'était pas pour lui faire du mal.

— Je le sais et je pense qu'il le sait aussi. Mais, il doit faire le point sur ses sentiments et sur ce qu'il veut. Je ne peux pas le faire pour lui.

Pat prit la main de sa mère quand elle la lui tendit.

— J'ai toujours pensé que nous serions une famille. C'est pour ça que je voulais un enfant, au départ. J'avais cette vision, une image d'Edge et moi avec Emma dans ses bras. Mais, il est parti et j'ai pensé que c'était fini. Puis, il est revenu et les choses étaient de nouveau comme avant. Peut-être un peu trop. Je ne sais pas.

— Alors, que vas-tu faire, maintenant ?

— Rien, maman. J'attends qu'il décide. Je sais ce que je veux. C'est ce que j'ai toujours voulu. Mais, il doit décider s'il veut une famille ou non. Je pense que c'est ce qu'il veut à la façon dont il se comporte avec Emma. Mais, rendre visite à quelqu'un qui a un enfant, et même sortir avec cette personne, c'est différent d'être parent.

— Est-ce qu'Emma le sait ?

— Pas encore. Je lui dirai une fois que je saurais ce qu'en pense Edge. Et si, finalement, il ne veut aucun de nous ? Je ne veux pas la blesser ou la bouleverser inutilement.

— Comment le sauras-tu ?

— À la galerie. Je le saurai ce soir.

Sa mère parut surprise.

— Tu es certain de ça ?

— Certain. Le travail que j'ai vu quand je suis allé chez lui est extraordinaire et Edge a travaillé dessus jour et nuit. Je suis passé devant son loft après la nuit tombée et je l'ai vu par la fenêtre. Je n'ai vu que la première partie quand j'y suis allé, mais il doit finir l'histoire et, quand je verrai ce qu'il a fait, je saurai s'il m'a de nouveau éjecté de sa vie ou s'il peut trouver un moyen de tourner la page.

Elle bougea et Pat se leva. Sa mère sortit du lit et se leva doucement. Depuis l'opération, elle avait quelques problèmes d'équilibre, en particulier quand elle se levait trop vite.

— Je ne vais pas m'étaler par terre. À quelle heure doit-on partir ?

— Vers dix-huit heures quarante-cinq. Emma sera à la maison à seize heures.

— Dans ce cas, je vais préparer le dîner.

Sa mère lui tapota l'épaule et il lui emboîta le pas quand elle quitta la pièce. Elle marchait plus lentement qu'avant, mais elle reprenait des forces et l'inquiétude qui avait germé dans son ventre quand elle lui avait parlé pour la première fois de son cancer s'estompa. Le combat n'était pas terminé, mais Pat savait au fond de lui que sa mère allait le gagner, du moins cette fois.

— Tu n'es pas obligée.

— Si. J'ai besoin d'aider. Je ne suis pas impotente et je vais devoir m'occuper de moi-même, fit-elle en gloussant doucement. Tu aurais fait un sacré infirmier. Ces deux dernières semaines, tu as mieux pris soin de moi que ce que j'aurais pu demander. Mais, maintenant, j'ai besoin de faire les choses toute seule.

Elle étreignit Pat et il lui retourna doucement son étreinte.

— Tu es un bon fils et une personne attentionnée. Tu penses toujours aux autres et peut-être que c'est ce qui te pose des problèmes aujourd'hui. Si tu avais été égoïste à l'époque, tu aurais dit à Edge que le bébé allait arriver, puis il aurait pris sa décision, quelle qu'elle aurait pu être. Mais, tu ne l'as pas fait. Tu as pensé à lui et tu n'as rien dit, pour lui laisser avoir la vie qu'il voulait.

— Je ne pense pas qu'il le voit de cette façon.

— Il le fera. Je le sais. S'il y réfléchit. Bon sang, tu n'es pas un connard et il n'y a pas une once de méchanceté en toi. C'est en partie pour ça qu'Edge t'aime. Je pense qu'il a juste besoin de s'en souvenir.

— J'espère que tu as raison, maman.

En réalité, il continuait d'espérer que tout s'arrangerait, mais plus Edge restait silencieux, plus l'imagination de Pat commençait à prendre le dessus, et pas pour le mieux.

— **EMMA,** ma puce, on doit partir dans quelques minutes, appela Pat. Finis de t'habiller, s'il te plaît.

— Mais, je n'aime pas cette robe.

— C'est celle que tu as choisie ce matin.

Pat allait bientôt éclater en mille morceaux. Plus l'ouverture de l'exposition d'art approchait, plus il devenait nerveux et sa patience s'amenuisait de plus en plus.

Dieu merci, sa mère vint à la rescousse.

— Tu es parfaite. Le bleu est une jolie couleur et tu ressembles comme deux gouttes d'eau à Cendrillon.

Pat regarda vers le haut et envoya une petite prière pour remercier le ciel que sa mère sache exactement quoi dire.

— Va mettre tes chaussures.

Emma et sa mère descendirent moins de cinq minutes plus tard, tout aussi magnifiques l'une que l'autre.

— Emma, elle est belle, mamy, n'est-ce pas ?

— Oui.

Elle s'avança et tourna sur elle-même.

— Et tu es élégante.

Pat sourit et fit une révérence royale, faisant glousser Emma.

— Allons-y.

Il ferma la maison à clef et les installa dans la voiture, puis il les conduisit le temps du court trajet jusqu'à la galerie.

Le petit parking et la rue étaient bondés. Pat trouva un autre petit parking payant plus loin dans la rue et il se gara dans la dernière place disponible. Il vérifia l'heure sur sa montre avant de descendre de voiture, puis aida sa mère et sa fille à sortir.

— On va devoir marcher un peu.

— Ça va, mon chéri, annonça sa mère en lui tapotant le bras quand il le lui offrit.

De nombreuses personnes se dirigeaient dans la même direction qu'eux et une petite foule attendait déjà devant la galerie. L'exposition ouvrait dans cinq minutes et, alors qu'ils rejoignaient le groupe, d'autres personnes arrivèrent.

— C'est vraiment excitant, dit Pat.

— Oh oui, lui dit la femme en face de lui en se retournant, tirée à quatre épingles et portant plus de bijoux qu'une star du rap. J'ai vu son travail il y a des années, avant qu'il quitte la ville, et je suis heureuse qu'il soit de retour.

— Est-ce que tout le monde est ici pour Edgerton ?

— Oui. Enfin, certains sont là pour le champagne et les amuse-gueules, mais peu importe la raison de leur venue. Une bonne galerie doit savoir comment attirer le public. Si l'exposition est bonne et que l'atmosphère est légèrement électrisante, les ventes sont assurées.

— Je l'espère.

— Connaissez-vous l'artiste ? demanda-t-elle avec un sourire.

— C'est le petit-ami de Poppy, dit Emma avec un large sourire. Et c'est un très bon conteur d'histoire.

— Les meilleurs artistes le sont. Si tu peux raconter une histoire avec ton travail et inciter le spectateur à s'émerveiller et à réfléchir, je pense que c'est ce qui donne de l'art de qualité.

Elle se détourna quand les portes de la galerie s'ouvrirent et un serveur en pantalon noir et chemise blanche proposa des verres de champagne. Tout le monde en prit un, sauf Pat et sa mère.

— Je te prendrai quelque chose à boire quand nous partirons, promit Pat à Emma quand ils entrèrent dans la galerie.

— C'est moi, dit Emma avec ravissement.

Elle marcha jusqu'au portrait d'elle qui était exposé sur le mur du fond.

— Doux Jésus, haleta sa mère à côté de lui. Les avais-tu vues ?

— Oui. Je les ai vues l'autre jour.

Son estomac se noua en ressentant la puissance viscérale que dégageaient les tableaux. C'était comme si le sujet était là, et que si le spectateur bougeait, il disparaissait. Pat regarda autour de lui à la recherche d'Edge, il ne le vit nulle part.

Il prit Emma par la main et se déplaça dans la galerie, parmi les peintures. L'esprit ailleurs, il finit par tourner à un coin et poussa un petit cri de surprise. Les couleurs avaient changé et les peintures étaient plus claires, plus envolées, grâce à l'ajout de jaune et d'orange à la palette qui avait été si sombre et déprimante. Toutes ces émotions étaient transmises avec des couleurs et de la texture. Les sujets étaient simples et complexes à la fois.

— Ne sont-ils pas… ?

Il n'avait pas les mots pour les décrire. Il continua d'avancer et les peintures s'éclaircirent encore plus pour devenir joyeuses et heureuses. Pat avait le sentiment qu'il pouvait à nouveau respirer. La première lui avait coupé le souffle et celles-là le lui rendaient.

— J'aime les premières, les plus sombres, dit un homme derrière lui. La dépression et le désespoir me parlent.

— N'importe quoi, s'exclama la voix plus légère d'une femme. Celles-là transpirent la joie et la légèreté. Les plus sombres sont bien, mais j'ai besoin de plus de joie dans ma vie.

— N'en avons-nous pas tous besoin, acquiesça Pat et elle leva son verre vers lui en réponse.

— Qu'est-ce que ça signifie ? demanda sa mère.

Pat haussa les épaules. Il n'était vraiment pas certain. Que l'humeur s'allège était une bonne chose. Il fit le tour du deuxième espace, puis tourna encore à un coin. Il y avait une seule peinture, petite, dans un simple cadre en bois au milieu d'un mur complètement blanc. C'était lui, Emma et Edge... trois visages, ensemble, souriants. Edge se tenait à côté de la peinture et Pat relâcha Emma qui se précipita vers lui tandis que Pat restait en arrière, partageant un sourire.

— Est-ce que c'est ce que tu voulais voir ? demanda sa mère.

Pat hocha de la tête.

— Toute cette exposition est le voyage d'Edge et c'est son choix. Ça, fit-il en indiquant du doigt le tableau, c'est la fin de l'histoire d'Edge.

— Est-ce que tu aimes ton portrait ? demanda Edge à Emma. Parce que celui à l'entrée est pour toi et celui-ci est pour Poppy.

Edge fit un sourire resplendissant.

— J'espérais que tu viendrais là toute de suite.

— Les gens semblent vraiment adorer ton travail, lui dit Pat fièrement. Toute l'exposition est très intense.

Pat voulait dire beaucoup de choses à Edge, mais ce n'était pas le moment. Avant qu'il puisse même approcher, un homme vêtu d'un costume parfaitement lisse se précipita vers Edge et le réquisitionna. Pat observa Edge discuter un petit moment avec un couple qui souriait et acquiesçait, et qui finirent apparemment par acheter deux tableaux, un des plus clairs et un des plus sombres.

— Poppy...

Emma tira sur sa main et montra du doigt l'endroit où se tenait Edge, entouré de gens, les yeux écarquillés comme des soucoupes. Il était en difficulté. Pat regarda sa mère qui prit la main d'Emma et la guida gentiment dans une autre partie de la galerie. Il ne savait pas pourquoi ou comment, mais il se rapprocha, séparant la mer de personnes enthousiastes, et vint se placer à côté d'Edge, lui touchant doucement le bras. Instantanément, Edge se détendit. Pat savait que, parfois, on avait tous besoin de quelqu'un d'autre pour couvrir nos arrières, même les personnes fortes comme Edge.

— Les peintures montrent la progression des émotions au cours d'une crise spirituelle, disait Edge.

— Alors, pourquoi la petite fille ? demanda une femme.

— Parce que c'est avec elle que tout a commencé. Pat et moi avions parlé d'avoir un enfant, il y a plusieurs années, et je n'arrivais pas à le gérer, donc je suis parti. Maintenant, ils sont tous les deux de retour dans ma vie et j'avais besoin de surmonter la peine et la perte de toutes ces années.

Edge saisit la main de Pat.

— C'est… commença la femme avant de s'arrêter.

— J'ai fait une erreur. La première fois, j'ai laissé la peur prendre le dessus dans ma vie. C'est ce que représentent ces tableaux : ils sont sombres et déprimants parce que c'est comme ça que la peur rend les choses. C'est fort, puissant et cela nous conduit au fond du trou. Mais, heureusement, la plupart du temps, ça passe et nous pouvons à nouveau voir la lumière et peut-être avoir une seconde chance.

— C'est merveilleux, dit-elle avec un large sourire.

Maintenant qu'Edge avait donné son explication, le groupe se dispersa. Pat remarqua que les membres de la galerie plaçaient de petits cercles rouges sur le prix chaque fois qu'un tableau était vendu.

— Tu as du succès. Tu le sais ? murmura Pat à Edge. Les gens aiment ce que tu as fait ici.

— Mais est-ce que, toi, tu aimes ?

Pat ferma les yeux et reposa sa tête contre l'épaule d'Edge.

— Oui. Mais, j'ai la meilleure partie de la soirée. À la fin, je peux ramener l'artiste à la maison. Ils peuvent avoir les peintures, mais je préfère t'avoir toi.

Il embrassa légèrement Edge juste derrière l'oreille, puis se recula.

— Merci de m'avoir pardonné.

— J'ai pris ma décision il y a quelque temps et tu as fait ce que tu pensais être le mieux.

Edge soupira.

— Le fait est que je vous veux, toi et Emma, dans ma vie. Je veux que nous soyons une famille.

Edge le guida jusqu'à la dernière peinture de l'exposition.

— J'étais tellement en colère quand j'ai découvert la vérité au sujet d'Emma. J'avais l'impression que tu me l'avais volée.

Pat déglutit difficilement et toussa presque.

— Ce n'était pas…

— Je sais. Tu n'as jamais rien pris à quelqu'un de toute ta vie. Tout ce que tu voulais, c'était une famille à toi.

La voix d'Edge se brisa un peu.

— Edge…

Pat observa la foule qui grouillait autour d'eux.

— Je sais que je n'ai que quelques secondes avant que l'on m'appelle, mais j'ai pensé à ce que je voulais et à la façon dont je nous voyais, moi et ma famille, et quand je ferme les yeux, je vois ça. Alors, je l'ai peint. Je l'avais commencé avant de la découvrir, mais l'image n'a pas changé par la suite. Tu es ma famille depuis longtemps. Je ne m'en étais simplement pas rendu compte.

— Donc, tu peux vivre avec ce qui s'est passé ?

— Nous avons tous les deux pris des décisions dans nos vies qui ont affecté l'autre. Donc, pourquoi ne pas nous pardonner mutuellement et continuer d'avancer ?

Il attira Pat plus près, ses bras glissant autour de la taille de ce dernier. Pat l'entendit soupirer doucement et la tension qui avait été évidente dans le corps d'Edge depuis la minute même où il l'avait vu dans la galerie se dissipa.

— Il n'y a rien à pardonner. Tu as fait ce que tu pensais devoir faire il y a toutes ces années.

— Je sais, et tu n'as pas essayé de me faire chanter pour me faire rester, même si tu aurais pu le faire. Je m'en rends compte, maintenant. Il m'a fallu une sacrée dose d'introspection et de longues nuits à faire les cent pas, mais j'ai compris que tu essayais de me rendre heureux en ne me parlant pas d'Emma. Et oui, je serais probablement resté si tu me l'avais dit et je t'en aurais sacrément voulu de l'avoir fait. Nous

nous serions disputés et, finalement, je serais probablement parti de toute façon parce que je me serais senti pris au piège.

Pat renifla un petit peu et essaya de réprimer son soulagement et son bonheur pour ne pas finir en larmes devant tout le monde.

— Je ne te piègerais jamais.

— Je le sais. J'étais blessé quand j'ai découvert que j'étais le père d'Emma, mais surtout parce que j'avais raté huit ans de sa vie. C'était ma faute. Oui, peut-être que tu aurais dû me le dire, mais j'aurais dû te parler de mes peurs dès le départ.

— Edge…

— Je sais, Pat… On fait une sacrée paire.

Une dame s'approcha et commença à poser des questions. Pat recula et laissa Edge profiter de son heure de gloire. Son travail était fantastique et Edge le méritait vraiment.

— J'ai regardé le portrait de famille ces trois derniers jours, dit le propriétaire de la galerie avec un accent italien en s'approchant. Je m'appelle Félix. Je suis ravi de vous rencontrer.

— Pat, et voici ma fille, Emma, et ma mère, Evelyn.

Pat passa un bras autour d'Emma quand elle se pressa contre sa jambe.

— C'est un réel plaisir de tous vous rencontrer.

— Comment se passe l'exposition ? demanda la mère de Pat.

— À merveille. C'est une de nos meilleures expositions. Edge ne voulait pas vendre les deux portraits, même si nous avons eu de nombreuses demandes. La plupart des autres tableaux sont vendus et il a déjà reçu pas mal de commandes. Donc, c'est fantastique. Je savais qu'il avait énormément de talent et une belle vision.

— J'ai toujours su qu'il avait juste besoin que quelqu'un voie ce qu'il voyait.

Une femme héla Félix et il s'excusa, se hâtant pour probablement vendre l'une des dernières toiles restantes.

— On peut rentrer, Poppy ? demanda Emma et Pat acquiesça.

— Allons dire au revoir à Edge puis je t'emmènerai manger un morceau. Tu étais incroyable ce soir et je suis fier de toi.

Il l'attira dans un câlin, fermant les yeux et remerciant silencieusement l'univers que les choses se soient arrangées.

Il la relâcha et tous les trois retrouvèrent Edge au milieu d'une autre conversation. Pat attira son attention et lui fit un signe d'au revoir.

— Tu en as pour combien de temps encore ? demanda Pat une fois qu'Edge se fut libéré.

— Au moins deux heures.

Edge prit Emma dans ses bras et elle enroula les siens autour de son cou.

— J'aime tes peintures, dit-elle.

— Merci, ma puce, lui répondit Edge.

— Est-ce que tu me raconteras une histoire plus tard ? demanda-t-elle alors qu'Edge la reposait par terre.

— Tu seras probablement au lit avant que j'en ai fini ici, mais je vais réfléchir à une nouvelle histoire et je te la raconterai demain.

Edge et elle partagèrent un sourire, puis Edge le regarda.

— Je vais rentrer tard.

— Je t'attendrai, lui dit Pat tandis qu'un autre fan essayait d'attirer l'attention d'Edge.

Pat lui fit au revoir d'un signe de la main et ils quittèrent la galerie, se dirigeant vers le glacier du coin pour l'en-cas d'Emma.

QUELQUES heures plus tard, Emma et sa mère étaient toutes les deux au lit quand Edge frappa doucement et ouvrit la porte pour entrer. Il ferma la porte sans aucun bruit et Pat se leva du canapé où il l'attendait.

— Comment ça s'est passé ?

— Ils ont tout vendu, sauf trois tableaux pour lesquels nous avons des acheteurs potentiels.

— Est-ce que tu as besoin de quelque chose ?

Edge s'avança, prit Pat dans ses bras et le tint fermement.

— Non. J'ai tout ce que je veux.

— Très bien.

Pat lui rendit son étreinte, reposant sa tête sur son épaule.

— Est-ce que tu pensais ce que tu as dit ? Que tu m'avais toujours aimé ? murmura Edge, son souffle caressant l'oreille de Pat.

— Oui.

— Moi aussi. J'ai toujours eu l'impression d'attendre quelque chose, sans jamais savoir quoi. Je le sais maintenant. Cela a toujours été toi. Je te cherchais chez les autres et j'attendais que tu reviennes dans ma vie. Puis, j'ai réalisé que cela n'arriverait pas et que j'avais mis ma vie en suspens. Alors, j'ai décidé de revenir ici pour essayer de recommencer à vivre.

— Je suis content que tu l'aies fait.

Pat combla l'écart entre eux et se pressa contre d'Edge alors qu'il l'embrassait. Pat mit tout son être dans le baiser, essayant presque de grimper comme si Edge était un arbre.

— Je t'aime Pat. Je peux le dire maintenant. Je ne pouvais pas avant parce que j'avais trop peur.

— Je pense qu'il y avait trop de peur dans notre relation. Nous ne pouvons pas la laisser dicter notre histoire, sinon nous finirons de la même façon qu'il y a neuf ans.

— Donc, tu veux… nous donner une seconde chance ? demanda Edge.

— Plus que tout au monde.

Pat l'embrassa de nouveau. Un baiser plus ferme et plus pressant. Edge semblait décidé à discuter et Pat faisait tout son possible pour l'en dissuader.

— Et pour Emma ? Est-ce que tu vas lui dire ?

Pat s'arrêta un instant avant de répondre.

— Oui. Nous lui expliquerons les choses quand elle sera un peu plus grande et qu'elle pourra mieux comprendre. Le plus important, c'est que tu seras là pour elle et pour construire une relation durable avec elle.

— Comment elle va m'appeler ? demanda Edge.

— Comme elle veut. Elle m'a appelé Poppy quasiment depuis ses premiers mots et, que ça te plaise ou pas, c'est son nom pour moi. Elle en aura un pour toi aussi.

Edge hocha légèrement la tête.

— Et si je suis un mauvais père ? Après tout, je me suis déjà enfui par peur avant.

— Comment cela pourrait-il se produire ? Tu es le conteur d'histoires. En plus, c'est simple, les enfants. Aime-les, prends soin d'eux et, chaque fois que c'est nécessaire, fais passer leurs besoins avant les tiens. Nous sommes le passé et le présent. Ils sont le futur, notre futur. Pour le reste, tu improvises.

— Parfois, tu es vraiment un monsieur je-sais-tout, lança Edge en grognant légèrement.

— Peut-être. Mais, c'est plutôt simple. Si tu aimes Emma, alors montre-le de la même manière qu'elle le fait. De toute façon, le plus dur est déjà fait. Emma t'adore. Donc, tout ce que tu as à faire, c'est l'aimer en retour.

Pat tint Edge plus fermement.

— J'ai peur, Pat. J'ai peur de foirer à nouveau.

— Cela n'arrivera pas. Chaque fois que tu te sens comme ça, ferme les yeux et souviens-toi de ce que tu as vu et de ce à quoi tu veux que notre famille ressemble.

Pat fit un pas en arrière, prit Edge par la main et le conduisit dans son bureau. C'est pour ça que j'ai ce mur. Ce n'est pas toujours facile d'être parent, mais ça vaut largement le coup et j'ai ça pour me le rappeler chaque fois que je viens ici. Et tu auras toujours ça…

Pat attira les joues couvertes d'une barbe de trois jours d'Edge plus proche et l'embrassa durement.

— Je serai toujours là.

Les lèvres de Pat picotèrent au moment où ils se séparèrent et ce fut au tour d'Edge de le prendre par la main. Il lui fit traverser la maison jusqu'à la chambre, éteignant les lumières au passage.

— Et pour… ? demanda Pat.

— Pat. Ce soir, il n'y a que toi qui comptes et rien d'autre. Je t'ai enfin retrouvé. Il m'a fallu du temps et…

— Ce qu'il a fallu, Edge, c'est du cœur. C'est tout. Je pense vraiment que peu importe le temps ou la distance qui nous sépare, nos cœurs retrouveront toujours leur chemin l'un vers l'autre. Je pense que c'est ce qui a rendu ton départ si douloureux. Je pensais avoir trouvé ma deuxième moitié... puis, elle s'est envolée.

— Maintenant, je suis de retour et je ne compte aller nulle part. Mon cœur y a à peine survécu la première fois. Je ne pense pas que je pourrais le refaire.

Edge le fit reculer jusqu'au lit et Pat tomba en arrière, rebondissant légèrement tandis qu'Edge le regardait.

— Je t'aime, Pat. Tu as toujours été l'homme parfait pour moi.

— Oui. Toi aussi.

Edge se rapprocha d'une démarche prédatrice et les gestes remplacèrent les mots pour la nuit. Edge montra à Pat à quel point ses sentiments étaient profonds, intenses et à couper le souffle. Pat s'accrocha et, au sommet de la passion, quand il fut sur le point de basculer, Edge le retint encore et encore comme un magicien. Puis, à la toute dernière seconde, Edge se rapprocha, ses lèvres tout contre l'oreille de Pat.

— Je t'aime Pat, et je t'aimerai toujours.

C'était tout ce que Pat avait toujours voulu entendre et les mots résonnèrent dans ses oreilles et alimentèrent son excitation pendant un très long moment.

Épilogue

Un an plus tard

— **EMMA,** appela Edge en rentrant dans la maison après une journée passée dans son atelier.

— Oui, papa, appela-t-elle en retour.

Pat leva les yeux au ciel. Récemment, elle avait commencé à crier pour répondre plutôt que de venir voir ce que les gens voulaient et Pat allait devoir avoir une conversation avec elle. Emma avait baptisé Edge « Papa » un mois environ après son emménagement. Quelques mois plus tard, ils avaient expliqué à Emma qu'Edge était son père biologique et elle s'était contentée de hausser les épaules. Elle l'appelait déjà Papa, donc elle avait simplement continué. Tout ce qu'elle avait demandé, c'était si Pat était toujours son Poppy.

— Je serai toujours ton Poppy et tu seras toujours ma fille. Rien ne changera jamais ça.

Pat l'avait étreint et une fois qu'il avait reculé, elle avait demandé si elle pouvait aller regarder la télé. Le drame qu'il avait craint n'avait finalement pas eu lieu. Tant qu'elle savait qu'elle était aimée et que sa vie n'allait pas changer, peu importait qui l'avait engendrée.

Edge l'appela une nouvelle fois de la pièce adjacente et Emma cria en retour.

— Va voir ce qu'il veut, lui dit Pat fermement depuis son bureau tandis qu'il finissait le design sur lequel il était en train de travailler.

Il entendit Edge et Emma parler doucement, puis les pas déterminés d'Edge dans le couloir.

Edge lui tendit un livre avec un grand sourire.

— Je l'ai reçu aujourd'hui.

Pat l'ouvrit et fit aussi un large sourire. Edge et lui avaient décidé d'écrire les histoires qu'il avait commencé à raconter à Emma. Edge avait fait les illustrations lui-même et le livre avait été publié.

— Ils sont magnifiques.

— Oui, en effet.

Edge était fier comme un paon et Pat ne le lui reprochait absolument pas.

Pat feuilleta le livre, puis le posa sur son bureau là où il pourrait le voir pendant qu'il travaillait.

— Quand doit-on partir ?

— Dans une demi-heure.

Edge était tout sourire. Contrairement à sa dernière exposition, il était excité par celle-ci. Pat ne voyait plus une trace de la nervosité dont il avait été témoin lors de la dernière exposition. Edge savait ce qu'il voulait dire depuis des mois.

— Est-ce que tu vas vraiment bien ?

Le sourire d'Edge s'agrandit.

— Oui.

— J'ai vu les tableaux et ils sont incroyables.

— Je ne suis pas nerveux. J'ai fait l'une de mes plus belles œuvres. J'ai mis mon âme dans ces toiles. Je ne peux rien faire de plus. Donc, il faudra que cela suffise.

— Emma et moi devrions nous préparer, dit Pat. Est-ce que tu y vas comme ça ?

Il le taquinait. Les vêtements d'Edge étaient pleins de taches de peinture et de trous. Pas que quelques trous bien placés ne dérangent Pat, mais il ne voulait pas que d'autres voient ce qui lui était réservé.

— Je vais prendre une douche en vitesse.

Edge se pencha pour l'embrasser, puis sortit à la hâte de son bureau. Pat finit le dossier sur lequel il travaillait et le sauvegarda. Puis, il alla vérifier qu'Emma se préparait.

— Dix minutes, ma puce, lui dit Pat en allant dans sa chambre.

La douche coulait toujours et Pat fut tenté d'enlever ses vêtements et de rejoindre Edge, mais ils n'avaient pas le temps. L'eau s'arrêta et Edge sortit, uniquement vêtu d'une serviette. La bouche de Pat s'assécha. Il ne se lasserait jamais de voir Edge nu.

— Va t'habiller ou tu seras en retard pour ta propre exposition.

Pat se détourna et se précipita vers la salle de bain. Il devait respirer un bon coup et tenir bon jusqu'à la fin de la soirée. Edge n'était peut-être pas nerveux, mais Pat l'était pour lui. Pat se rafraîchit au lavabo, se rasa et quitta la salle de bain. Cette fois, ce fut au tour d'Edge de se rincer l'œil. Et Pat aurait payé encore et encore pour voir la chaleur dans ses yeux. Pat espérait qu'elle ne diminue jamais.

Edge était beau. Avec son pantalon noir et sa chemise bleu roi, il avait tout de l'artiste talentueux.

— Dépêche-toi de t'habiller pendant que je vais voir Sa Majesté.

Edge l'embrassa fermement et Pat oublia la serviette autour de sa taille jusqu'à ce qu'elle tombe au sol.

— On reprendra ça ce soir.

Pat grogna, puis se détourna et s'habilla tant bien que mal. Heureusement, son excitation retomba avant qu'il rejoigne Emma dans le salon.

— Allons-y. On doit passer prendre mamy.

— J'ai cru comprendre que c'est un grand jour pour elle aussi, commenta Edge tandis que Pat verrouillait la porte.

— Yep, sa dernière visite de contrôle était parfaite et ils veulent la revoir dans six mois.

Elle était de nouveau en pleine forme et passait son temps à sortir. Elle avait décidé de profiter du temps qu'elle avait. Donc, elle avait prévu de voyager et emmenait Emma avec elle vers l'ouest le mois prochain.

Emma les attendait impatiemment à la portière de la voiture. Pat l'ouvrit et ils s'engouffrèrent à l'intérieur, puis passèrent prendre sa mère et se hâtèrent d'aller à la galerie. Ils arrivèrent une demi-heure avant l'ouverture et Edge les fit entrer.

— Quel est le thème de cette exposition ? demanda la mère de Pat à leur arrivée.

— Les rêves. Tout le monde en a un et je voulais les représenter.

Il discuta avec le propriétaire, puis les guida à travers l'exposition.

— Celui-ci est un homme sans domicile qui vit sous l'un des viaducs. Son rêve était d'avoir un endroit chaud où vivre.

Pat se souvint qu'Edge avait interrogé des gens pour pouvoir peindre ces toiles.

— Celle-ci, c'est un adolescent qui rêvait que son père trouve un travail, tandis que cette jeune demoiselle voulait aller à l'université pour sortir de son quartier défavorisé.

Edge indiqua une peinture de la mère de Pat.

— Le rêve de ta mère était de se débarrasser du cancer et d'avoir l'énergie de recommencer à vivre sa vie.

Il l'avait visiblement interrogée plusieurs mois auparavant. Mais, là encore, l'image était intense : sa mère le regardait droit dans les yeux, une écharpe sur la tête sur une moitié du tableau et la représentation de la santé sur l'autre. C'était l'une des toiles plus puissantes pour lui.

— Papa, quel était ton rêve ? demanda Emma.

170

Edge la conduisit jusqu'à sa dernière œuvre. C'était lui et Edge se tenant côte à côte, plus vieux, souriants, avec une version adulte d'Emma. Chacun d'entre eux avait un bébé dans les bras.

— C'est tout ?

— Oui. Je veux que ton père et toi soyez heureux et je veux avoir des petits-enfants.

Edge montra la main de Pat et la sienne sur le tableau et Pat vit des anneaux à leurs doigts qui ressemblaient très fortement à ceux qu'Edge tenait dans la paume de sa main.

— Et je veux que ton Poppy m'épouse.

— Vraiment ?

La bouche de Pat s'assécha tandis que ses yeux se remplissaient de larmes.

— Oui, Pat. Veux-tu m'épouser ?

Edge mit lentement un genou à terre. Pat entendit sa mère renifler et Emma bondissait quasiment d'excitation quand Pat réussit à répondre d'une voix rauque.

— Oui.

Edge se leva et l'attira dans ses bras, et Emma les rejoignit rapidement dans un énorme câlin familial qui illustrait le rêve de Pat devenu réalité.

www.ingramcontent.com/pod-product-compliance
Lightning Source LLC
Chambersburg PA
CBHW031236260626
47169CB00007B/2321